I0729298

USA TODAY BESTSELLING AUTHOR
Dale Mayer

LÉGION
D'HONNEUR
Hawk
TOME 02

Hawk, Légion d'honneur, tome 2
Beverly Dale Mayer
Valley Publishing Ltd.

Copyright © 2016

Traduit de l'anglais par Sarah Laurent et Valentin Translation

Tous droits réservés. La reproduction ou l'utilisation de cet ouvrage, en tout ou en partie, par quelque moyen que ce soit, électronique, mécanique ou autre, existant ou à venir, y compris la photographie, la photocopie, et la conservation dans tout système de stockage ou de récupération de l'information, sont interdites sans l'autorisation écrite de l'éditeur à l'exception d'une citation dans le cadre d'une critique.

Il s'agit d'une œuvre de fiction. Les noms, les personnages, les lieux, les marques, les médias et les incidents mentionnés sont le produit de l'imagination de l'auteur ou utilisés de manière fictive. Toute ressemblance avec des événements, des lieux ou des personnes, existant ou ayant existé, est entièrement fortuite.

ISBN-13 : 978-1-773368-29-0
Format Print

Hawk

Tomber sur un cadavre est une sacrée façon de commencer des vacances…

En grandissant, Hawk était toujours le joker, celui qui ne pouvait pas rester en place ni s'intégrer. Devenir un SEAL lui a donné de nouvelles attaches et un but incomparable dans la vie. Néanmoins, l'homme sauvage reste sous la surface, attendant l'allumette à sa flamme. De retour dans sa ville natale pour quelques jours de repos, Hawk remarque qu'une nouvelle atmosphère, plus sombre, plane sur la petite ville et qu'elle semble s'acharner sur une rousse aux taches de rousseur de son passé, la fille qu'il n'a jamais oubliée.

Mia, elle, ne se souvient que trop bien du frère de la meilleure amie de son enfance. Quelle fille saine d'esprit pourrait oublier Hawk ? Lorsqu'il était jeune, c'était un feu d'artifice vingt-quatre heures sur vingt-quatre, illuminant sa vie. Chaque rencontre avec lui lui coupait le souffle et faisait battre son cœur trop vite. Mais Hawk, l'homme, de retour pour les vacances, est plus coriace, plus dangereux et incroyablement plus sexy qu'il ne l'était lorsqu'elle n'était qu'une jeune fille en admiration désirant attirer son attention.

Alors même que Mia est emportée par ses sentiments pour lui, la ville est frappée par une vague de violence sans précédent… et Mia se retrouve en plein milieu de l'explosion.

Inscrivez-vous ici pour être informés de toutes les nouveautés de Dale !

https://geni.us/DaleNews

CHAPITRE 1

H AWK LORING FIXAIT le coin de la rue où régnait une certaine agitation. Il venait d'arriver dans sa ville natale pour rendre visite à sa sœur et n'avait donc aucune idée de ce qui s'était passé, mais l'endroit était en ébullition. Les gens couraient d'un côté à l'autre de la route. De petits groupes se formaient, puis s'agrandissaient lorsque de nouvelles personnes les rejoignaient. Que pouvait-il bien se passer ?

Quelqu'un fonça vers lui. Il freina brusquement. Sa ville devait vraiment avoir changé si les gens se jetaient sous des voitures maintenant.

Avant, Canford était la plus calme, la plus décontractée de toutes les petites villes des États-Unis.

Il gara sa Jeep devant l'épicerie où il avait travaillé enfant, un peu surpris de voir qu'elle était toujours là. Gordon, le propriétaire, vieillissait. Il avait menacé de vendre à plusieurs reprises. Mais comme les affaires étaient en plein essor avec les groupes de spéléologues et de randonneurs, et les nouveaux appartements d'été construits sur le lac voisin, il avait évidemment attendu pour prendre une décision.

Bien sûr, Canford accueillait les amateurs de spéléologie pendant l'été et les chasseurs pendant l'hiver, ce qui permettait au commerce de tourner tout au long de l'année.

Tout en remettant ses lunettes de soleil en place, Hawk sauta à l'extérieur du véhicule et jeta un regard attentif aux personnes qui courraient toujours, l'air inquiet. Son regard pénétrant passait de l'un à l'autre et voyait les mêmes épaules voûtées, les mêmes froncements de sourcils et les mêmes regards jetés par-dessus l'épaule. Il entendait les voix au débit rapide et les discours pleins d'excitation. Il observa deux groupes qui se fondaient en un seul.

Cela piquait sa curiosité. Les sens en alerte, il se dirigea vers le magasin pour obtenir des détails. Il ne se passait jamais rien en ville sans que Gordon soit au courant. Hawk ne pensait pas que cela ait changé.

Le magasin était frais, ombragé, et, d'après un long regard autour de lui, vide.

— Gordon ?

Pas de réponse. La devanture était déserte et personne ne se tenait derrière la caisse.

Il se dirigea vers l'arrière-boutique, où l'on pouvait toujours trouver le commerçant. Et bien sûr, il était là, face contre terre, avec un joli trou à l'arrière de la tête.

Mais que s'était-il passé ici ?

Hawk s'accroupit et examina le corps. Encore chaud, mais en train de refroidir. Mort depuis quelques heures au moins. Quelqu'un était-il au courant ? Quelqu'un était-il venu le voir ? La colère monta d'un cran. Gordon était un homme bon. Il aidait tout le monde. Il ne méritait pas qu'on lui tire dans le dos. Bon sang, personne ne méritait ça.

Était-ce la raison pour laquelle la ville était en émoi ?

Et où était le shérif, nom d'un chien ? Quelqu'un devait mener l'enquête.

Il regarda son vieil ami, navré de le voir dans cet état. On ne pouvait pas voir grand-chose de son visage, mais il avait moins de cheveux que dans son souvenir. Cela dit, Gordon perdait ses cheveux depuis des années, alors rien de surprenant.

Alors que Hawk refoulait sa colère, son téléphone sonna. Swede qui prenait des nouvelles. L'équipe avait cinq jours de congé, et chacun partait quelque part. Swede rentrait chez lui. Mason allait à la plage avec Tesla pour l'aider à se remettre de l'épreuve qu'elle avait traversée. Leur dernière mission les avait emmenés dans des endroits auxquels ils ne s'attendaient pas. Pour son temps libre, Hawk avait décidé que la famille était ce qu'il lui fallait. Autrement dit, sa sœur. Il n'y avait personne d'autre. Et c'était quelqu'un de bien. Elle lui rappelait beaucoup Tesla.

Tesla… si elle avait eu une sœur, il aurait été à fond sur elle. Mason avait déniché un trésor, et même si ça lui avait pris du temps, il avait finalement compris que c'était une chance qu'il valait la peine de garder.

Maintenant qu'il avait vu un bonheur dont il ne soupçonnait même pas l'existence, Hawk voulait la même chose pour lui.

Mais comment faire pour trouver une telle perle ? Les femmes comme Tesla étaient rares.

Le message de Swede disait qu'il était rentré sain et sauf chez son père, et demandait où était Mason. Voulant éviter les multiples textos nécessaires à l'explication, Hawk composa rapidement le numéro de son ami et collègue SEAL.

— Je suis à Canford. Je me suis arrêté en ville pour dire bonjour à Gordon, dit Hawk, heureux que Swede connaisse la ville et Gordon après de multiples visites à la cabane de chasse pendant ses congés.

Il le mit rapidement au courant de sa découverte.

— Quoi ? Gordon ? Juste descendu là ? Mince.

La colère s'infiltra dans le téléphone.

— Donne-moi quelques heures et j'arrive.

Hawk n'eut pas le temps de protester car le téléphone s'éteignit. Connaissant Swede, il avait aussitôt fait ses adieux à son père et jeté son sac de voyage dans son camion, et il était déjà au volant. Ils étaient à environ quatre heures de route. Non pas qu'il ait besoin de lui, mais c'était ce que faisaient les copains.

Puis il se souvint de sa sœur, Eva.

Et il grimaça.

Elle avait été assez explicite sur son opinion de Swede. Un début malheureux lui avait donné une mauvaise impression du mastodonte. Peut-être que cette fois, ça pourrait changer.

Peu probable. Sa sœur était coléreuse et n'aimait pas les liaisons multiples, or il y avait quelque chose dans le physique et la carrure de Swede qui attirait les femmes. Voyons, avec les SEAL, les femmes n'étaient jamais en manque. Certains bars près de la base semblaient cibler une clientèle de femmes qui n'avaient comme objectif que de choper un SEAL. Puis un autre la nuit suivante, et ainsi de suite. Comme Mason, Hawk en avait assez du jeu des célibataires, et maintenant qu'il savait qu'il pouvait espérer davantage, il n'attendait que son tour.

Mason avait de la chance.

Hawk reporta son attention sur le sol. Le corps de Gordon gisait à moitié caché par le bureau, mais n'importe qui pouvait entrer et le voir. Hawk prit une couverture dans l'armoire et le recouvrit. Il n'avait aucune idée de l'endroit où se trouvait Mia, la fille unique de Gordon, mais il ne voulait pas qu'elle entre et voie son père dans cet état.

Il appela la police locale, ou ce qui en tenait lieu ici. Il y avait un shérif et quelques adjoints la dernière fois qu'il était passé. Il prit son téléphone pour appeler sa sœur quand la porte principale s'ouvrit et deux hommes entrèrent en courant. Hawk sortit du bureau pour faire face à deux jeunes gaillards.

Ils s'arrêtèrent et le regardèrent fixement.

— T'es qui, bon sang ?

Il fronça les sourcils puis les scruta, mémorisant leurs visages, s'assurant qu'il pourrait reconnaître les deux ados.

— Peut-être que c'est moi qui devrais vous poser la question ? dit-il d'une voix dure. Et qu'est-ce que vous faites ici ?

Le premier recula légèrement, ses longs cheveux flottant sur son front, un sourire en coin sur le visage.

— C'est un magasin, qu'est-ce que tu penses qu'on fait ici ?

Le deuxième, aux cheveux roux éclatant et couvert de taches de rousseur, s'approcha du comptoir, prit un paquet de chewing-gum et l'ouvrit. Il en lança un à son ami et prit un rouleau pour lui-même avant de se l'enfoncer dans la bouche. Puis il empocha le reste.

Hawk le regarda, la colère au ventre. L'homme ne comptait pas payer. Il n'avait même pas regardé si Gordon était dans le coin. Comme s'il ne s'attendait pas à ce qu'il soit là.

Ces deux-là étaient-ils les tueurs ? Il fit un geste vers le chewing-gum dans la poche de l'homme.

— Tu comptes payer, j'espère ?

— Non, c'est mon magasin.

Hawk tourna très légèrement la tête. Les deux gamins reculèrent.

— Tu as dit que c'était ton magasin ? demanda Hawk d'une voix basse, mortellement douce.

Le voyou aux cheveux longs regarda le rouquin.

— Oui, enfin, bientôt. Mon daron est en train de l'acheter à Gordon.

— Alors ce n'est pas ton magasin pour le moment, n'est-ce pas ? répondit Hawk, la voix ferme.

Ils étaient plus intelligents qu'il ne le pensait, car l'un d'eux sortit une poignée de monnaie et la jeta sur le comptoir.

— Voilà. De toute façon, Gordon s'en fiche.

Ils reculèrent d'un pas.

Hawk avança.

— Il s'en fiche ?

Les deux jeunes secouèrent la tête. Le second attrapa une barre de chocolat sur l'étagère en se dirigeant vers la porte.

— Oui, répondit-il d'un air de défi. Complètement.

Et tous les deux s'enfuirent en courant et en riant comme des fous.

Hawk resta derrière la porte, regardant par la fenêtre tout en appelant sa sœur.

— Eva, qu'est-ce qui se passe, bon sang ?

Il y eut un grésillement bizarre, puis une voix harassée.

— Personne ne sait vraiment, mais une rumeur a commencé à courir sur la découverte d'une cache d'armes et de matériel de fabrication de bombes dans l'une des grottes, et tout le monde invente d'étranges théories de conspiration. Où es-tu ?

— À l'épicerie, debout devant le corps de Gordon.

Que se passait-il ? Canford et du matériel pour fabriquer des bombes. Les deux n'allaient pas ensemble. Ça n'avait jamais été le cas. C'était la campagne dans ce qu'elle a son meilleur. Lenteur, simplicité, et calme parfait.

Il entendit le cri d'horreur d'Eva.

— Quoi ?

— Il a reçu une balle à l'arrière de la tête.

— Oh mon Dieu !

Il y eut un silence choqué, puis elle demanda :

— Aucun signe de quelqu'un d'autre dans les environs ?

— La moitié de cette foutue ville semble être dans les environs. Et ils ont l'air à la fois excités et terrifiés.

— Je sais. Je le suis aussi.

Il y eut un bruit étrange, comme le grincement d'engrenage. Il regarda dehors et vit sa belle-sœur sortir de son vieux camion et courir jusqu'à la porte d'entrée, son téléphone portable toujours à l'oreille.

Elle franchit la porte.

Et courut dans ses bras.

Il la serra contre lui, ses longs cheveux auburn tombant dans son dos et sur ses bras. Il enroula une main dans ses longues mèches et la serra fort. Puis il la fit reculer de quelques pas et lut l'inquiétude sur son visage. Il lui donna une petite secousse.

— Une cache d'armes ?

— Et du matériel pour fabriquer des bombes et…

Elle prit une profonde inspiration.

— Des produits chimiques. Et beaucoup de bacs sont vides.

Il secoua la tête.

— Si c'était le cas, l'armée serait ici. Seigneur, je pourrais même être appelé, selon les besoins.

Elle hocha la tête.

— Le shérif n'a rien dit. Les gens du coin ne font que répéter les ragots, mais personne n'est sûr de rien.

— Alors je peux garantir que quelqu'un d'autre est au courant, car les ragots se propagent toujours.

— C'est vrai, mais le shérif essayait de maintenir le calme jusqu'à ce qu'il puisse faire venir les bonnes personnes. Ses *contacts*. Pour autant que je sache, il y a une pagaille de gens qui arrivent, mais en attendant, personne n'est autorisé à partir. Et tout le monde est terrifié. Personne ne boit l'eau au cas où elle serait empoisonnée, etc.

Il acquiesça. Les rumeurs couraient sans aucun contrôle. Mais il comprenait aussi les gens. Cela signifiait qu'il y aurait des hordes de médias dans les heures à venir. Canford n'était pas particulièrement bien desservi par les transports, mais il y avait de bonnes routes pour entrer et sortir.

Ils finiraient par trouver la petite ville.

Eva s'agrippa à son bras.

— C'était vrai… ce que tu as dit sur Gordon ?

Il la ramena contre lui dans une étreinte rapide, puis se dégagea et désigna vers la porte du bureau.

— Il est derrière.

Elle porta une main à sa bouche et des larmes scintillèrent au coin de ses yeux.

— Qui ferait une chose pareille ?

Il haussa les épaules. Dans son monde, les gens faisaient toutes sortes de choses pourries pour des raisons mineures. Son regard parcourut le mur du fond, et la question lui sauta à la figure.

— Quand es-tu venue au magasin pour la dernière fois ?

Elle secoua la tête, essuyant de la main les larmes qui roulaient sur ses joues.

— Il y a quelques jours, je crois. Pour voir Mia.

Mia. La fille de Gordon. Oui, la meilleure amie d'Eva.

— Tu as une idée de l'endroit où elle se trouve ?

— À l'entraînement de spéléologie, chuchota-t-elle. J'ai essayé de l'appeler, mais elle ne répond pas.

Évidemment. Pas de réseau sous terre. De la spéléologie. Vraiment ?

— Et le râtelier d'armes là-bas ?

Il désignait un râtelier, vide, sur le mur.

— Tu te souviens s'il était déjà vide ?

Elle hoqueta et le fixa.

— Je n'en ai aucune idée.

Il se dirigea vers l'armoire et constata que la serrure avait été forcée. Gordon avait-il refusé de l'ouvrir ? Ça lui ressemblait, en tout cas. C'était son genre. Il aurait aussi été sacrément furieux qu'on lui prenne ses armes et qu'on les utilise pour commettre un crime. Surtout son propre meurtre.

— Tu penses que c'est lié ?

— Je ne vois pas le rapport, mais comment pourrait-il en être autrement ? Quand une ville se déchaîne, les habitants aussi. Ceux qui ont peur et ne possèdent pas d'armes ont pu considérer que cela valait la peine de faire ça pour se protéger. Ou le vol des armes n'a peut-être rien à voir avec la mort de Gordon. Vu l'endroit où il gisait, ils n'ont peut-être pas vu son corps. Ou bien, après avoir trouvé le magasin désert, ils ont profité de l'occasion pour les voler. Mais il y a des chances que les deux incidents soient liés.

Puis il se souvint des visiteurs précédents.

— Deux jeunes morveux sont venus dix minutes avant ton arrivée. L'un voulait voler un paquet de chewing-gums, et l'autre a pris une barre de chocolat. Ils se sont bien marrés.

— Et tu ne les as pas plaqués au sol ? demanda-t-elle, surprise. Ouah, qu'est-il arrivé à mon grand frère ?

— Gordon était allongé dans le bureau, et je voulais savoir s'ils étaient au courant. Mais à part voler et agir comme s'ils étaient sûrs que Gordon ne le saurait pas, ils n'ont rien fait qui m'ait permis de croire qu'ils savent quelque chose sur son meurtre.

— Billy et Travis, dit-elle instantanément. Des petites

brutes riches du coin.

— Si riches qu'ils doivent voler ?

Il voyait ça souvent. Des gosses de riches qui pensaient que les règles ne s'appliquaient pas à eux. Seulement, Canford n'était pas un lieu de prédilection pour les riches. Bien que les appartements sur le lac soient en train de changer cela. Si Billy et Travis étaient des exemples des nouveaux arrivants, il n'était pas impressionné.

— On peut dire ça. Le père de Billy achète des terrains dans toute la région en ce moment.

Elle haussa les épaules.

— Beaucoup de gens vendent et beaucoup attendent. Divisant largement l'opinion locale.

— Le gamin a dit que son père achetait le magasin de Gordon.

Eva secoua violemment la tête.

— Non, Gordon était complètement contre l'idée. On lui avait proposé un prix décent, mais il ne voulait pas s'en mêler, car Tom, le père, avait prévu de donner le magasin à son fils, Travis. Mia pensait la même chose.

— Je suis d'accord avec Gordon.

Hawk jeta un coup d'œil derrière lui.

— Mais je me demande ce qu'elle va penser de tout ça maintenant.

CHAPITRE 2

MIA LAISSA TOMBER la corde qu'elle avait enroulée à ses pieds. Elle s'entraînait à la recherche et au sauvetage depuis des mois maintenant, mais la spéléologie allait au-delà de l'entraînement classique. Elle s'entraînait seule depuis qu'elle avait réalisé qu'elle aurait besoin de plus d'expérience avec le nombre de touristes en constante augmentation. Le nombre d'accidents aussi augmentait – le scénario catastrophe. Il fallait plus de personnel qualifié.

Elle chercha le cercle clair de lumière produit par sa lampe frontale. L'une des principales leçons que tout le monde devait retenir était que personne ne devait aller seul dans les grottes. Elle n'échappait pas à la règle. Elle avait les deux frères Bangor avec elle. Et quelques autres volontaires de recherche et de sauvetage qui voulaient tous améliorer leurs compétences. Il n'y avait rien de pire que de se heurter à un manque d'entraînement quand des vies étaient en danger.

— Comment va ton bras, Mia ? demanda Paul.

Elle donna une bonne secousse au bras en question.

— Il tient bien le coup.

En fait, elle était vraiment satisfaite. Cela faisait six mois qu'elle s'était blessée lors d'une mauvaise escalade. Après des mois de récupération et de rééducation, elle était de retour comme si de rien n'était. Malgré tout, son bras était un peu plus faible qu'elle ne l'aurait souhaité. Avoir de la force était obligatoire. Mais en cas d'urgence, manquer de force jouait en votre défaveur.

Elle devait retrouver toute sa masse musculaire.

— N'en fais pas trop, aujourd'hui, prévint Peter derrière son frère. Ce n'est pas trop compliqué.

— Je sais.

Elle secoua les deux bras, puis sourit.

— Ils vont très bien.

— Alors, allons-y. Ce souterrain a des grottes intéressantes plus loin. Allez !

— Je passe devant.

Elle se mit à genoux et rampa dans le tunnel, en tirant la corde derrière elle. Les autres suivraient. Ils étaient ici depuis deux heures déjà. Côté chronomètre, il leur restait encore une heure avant de devoir faire demi-tour. C'était le plus loin qu'elle était allée, donc c'était déjà un succès en ce qui la concernait.

Le retour devrait être plus rapide. Tant mieux. Elle n'aimait pas vraiment ce hobby. Elle s'était forcée à venir ici dans l'idée de travailler dans un domaine connexe. Pour être franche, elle avait un peu peur de se retrouver ainsi dans le noir avec plusieurs tonnes de terre prêtes à lui tomber dessus à tout moment.

Une autre raison d'être là à ce moment : affronter cette peur.

Elle aurait préféré être à la maison pour aider son amie Eva dans les corvées trop lourdes pour elle toute seule. Et en vérité, Mia aimait être entourée de chevaux et d'autres animaux. Cela faisait maintenant trois mois qu'elle vivait dans la caravane sur la propriété d'Eva. Une installation qui convenait aux deux femmes. Eva avait besoin d'argent, et

Mia cherchait un endroit proche, mais pas dans la maison de son père. Chacun n'avait plus que l'autre pour toute famille, en dehors des parents éloignés ou brouillés, et ils étaient proches, mais elle avait besoin de son propre espace.

Une motte de terre tomba devant son nez, soulevant un panache de poussière qui s'engouffra dans ses narines. Elle toussa plusieurs fois, puis se racla la gorge plusieurs fois encore. Elle se contorsionna pour tirer sa bouteille d'eau vers l'avant afin de pouvoir boire. En vain, le petit tunnel était trop étroit. Il n'y avait rien d'autre à faire que de continuer. Elle rampa en avant, en toussant toujours un peu. Lorsqu'elle parvint à une autre caverne, elle se décala sur le côté, tira sur sa corde à plusieurs reprises et sortit sa bouteille d'eau. Après avoir bu longuement, elle s'installa contre le mur de terre et attendit que les autres arrivent. Elle n'avait jamais été dans cette section auparavant et savait qu'une grande partie de cette zone était pleine de grottes inexplorées.

Il ne fallut pas longtemps pour que Peter passe sa tête par le trou. Il glissa sur le ventre, ce qui la fit pouffer de rire.

— Si tu continues à prendre du poids, tu vas avoir du mal à passer dans la prochaine grotte.

Il émit un rire sonore en se relevant et en frottant la saleté de sa chemise et de son pantalon.

— J'en suis encore loin.

Elle sourit.

— Je vois déjà la scène, dit-elle d'une voix moqueuse. « Allô le 911, il y a un homme rond, coincé sous terre. Il est pris dans les tunnels entre les grottes. Vous aurez besoin d'une grande pelle pour le sauver. »

— Pas si grave, si ?

En effet, ça ne l'était pas, mais elle aimait le taquiner. C'était presque attendu. Il la connaissait depuis qu'elle portait des couches. Il la taquinait depuis tout aussi long-temps.

La tête de Paul apparut peu après.

— Hé. On continue, ou on ne va pas plus loin ?

Peter jeta un coup d'œil à sa montre.

— Le temps file. On va bientôt devoir faire demi-tour.

Il sortit sa carte et vérifia le plan de la grotte.

— On a plusieurs options. Il y a une autre sortie près d'ici, mais on devra marcher jusqu'aux véhicules. On aimerait couvrir beaucoup plus de terrain si on avait le temps, c'est peut-être une idée pour la prochaine expédition. On pourra entrer pas loin et reprendre à partir d'ici.

— Je suis partante, mais pour aujourd'hui, c'est sûre-ment le plus loin qu'on puisse aller.

Elle prit une autre longue gorgée d'eau et examina l'immense caverne dans laquelle ils se trouvaient. C'était l'une des principales destinations du parcours. C'était fascinant, bien qu'un peu effrayant, d'être si loin sous terre.

Alors que le dernier se frayait un chemin dans le tunnel, elle se leva, vérifia que tout le monde allait bien et était en forme. Puis elle fit un petit tour dans la grotte. Un endroit intéressant. Il y avait d'autres tunnels dans le souterrain. Tous s'ouvraient sur des directions différentes. Fascinant. Elle pourrait passer des jours ici sans avoir le temps de tous les explorer. Il serait très facile de se perdre. Et elle n'en avait nullement l'intention.

Il existait des plans des grottes qui avaient été cartogra-phiées, mais les points GPS étaient relevés en gardant à l'esprit que tout ce qui était électronique n'était pas fiable sous terre. Bien que de nombreux enthousiastes tentent de passer entièrement à l'arpentage numérique des grottes, c'était au mieux un échec. Et dans l'obscurité, avec les ombres s'allongeant dans la caverne, elle savait combien il était facile de se perdre.

C'était souvent ce qui l'amenait ici. Des gens qui s'étaient perdus et avaient besoin d'aide pour retourner à la surface. Jusqu'à présent, ils avaient eu de la chance : pas de décès.

S'ils devaient partir bientôt, elle voulait prendre un moment pour explorer. Il y avait quelque chose de presque étrange dans ces grottes. Si immenses, si vides, et pourtant vous saviez qu'elles n'étaient pas complètement désertes quand quelque chose s'enfuyait dans l'obscurité. L'air était vicié, stagnant et pourtant frais, avec une qualité mystérieuse et inconnue de l'endroit. Elle ne savait pas quoi en penser. Elle avait été dans de nombreuses grottes l'année dernière, mais aucune de semblable à celle-ci. Pas aussi profondes. Pas aussi loin de la lumière du soleil. D'une certaine façon, c'était la lumière du soleil qui lui manquait. Les grottes elles-mêmes lui faisaient l'effet de vieux sous-sols moisis. Des endroits où elle avait besoin d'aller, mais elle détestait les espaces exigus et sombres qui cachaient plus qu'ils ne révélaient.

Cela ne serait jamais un hobby pour elle.

Puisqu'elle s'entraînait à faire des sauvetages ici pour pouvoir porter secours si besoin, il n'était pas question qu'elle ne vienne pas pour le plaisir. Et à ce propos… elle ferait mieux de jeter un coup d'œil sérieux aux alentours au cas où elle ne reviendrait jamais. Elle déambula dans le périmètre de la grotte, s'émerveillant de la taille de la pièce. Ses bottes heurtèrent quelque chose de métallique. Elle se pencha et trouva une douille. Intéressant. Pas le meilleur endroit pour s'entraîner au tir. Elle jeta un coup d'œil autour d'elle, mais il n'y avait aucun autre signe de tir. Pourtant, « douille » était égal à « gens » et « gens » était égal à « déchets ». Elle la glissa dans sa poche. Chacune des grottes du souterrain avait son propre nom. Elle avait oublié dans laquelle elle se trouvait. Elles continuaient comme un collier de perles caché.

Il y avait des coins et des recoins impossibles à voir avant d'être juste à côté. Il y avait des éboulis qui rendaient la marche dangereuse et de la terre tombait du toit assez souvent pour lui rappeler qu'elle était loin sous terre, avec des tonnes de terre et de roche au-dessus de la tête et rien d'autre que de la terre et de la roche pour soutenir le tout.

Une pensée effrayante.

Après avoir fait le tour de la grotte, notant au moins trois endroits où les tunnels semblaient partir dans des directions différentes, elle retourna lentement vers les autres. Il n'y avait pas d'eau dans cette caverne comme elle en avait vu dans d'autres, mais en traversant le centre poussiéreux, elle remarqua que le sol était plus mou et devait se gorger d'eau à différentes saisons, lorsque la nappe phréatique montait.

Qui aimerait se frayer un chemin sur le ventre dans des tunnels remplis d'eau ? Certainement pas elle.

— J'aimerais passer quelques jours ici. C'est tellement calme ! Si proche de Mère Nature… C'est comme être de retour dans le ventre de sa mère, dit Mike. Vous ne trouvez pas ?

Mike faisait partie du club local de spéléologie et avait contribué à cartographier ce système de grottes. Mais son commentaire lui retourna l'estomac.

Elle secoua la tête.

— Pas moi.

— On pourrait examiner les autres sorties et voir où elles mènent. Passer un week-end à camper ici, ajouta-t-il avec enthousiasme.

Elle sourit.

— Nan, c'est ton domaine.

C'était un gars assez sympa, mais elle n'avait pas l'intention de passer un week-end ici à manger de la terre. En partie parce que, aussi gentil qu'il soit, elle avait peur qu'il essaie de transformer leur relation occasionnelle en quelque chose de plus. Et ça, elle ne voulait pas.

Il demanda à d'autres. Comme leurs réponses n'étaient pas aussi négatives que celles de Mia, elle fut heureuse d'entendre qu'il allait sûrement réunir un groupe d'enthousiastes.

— C'est l'heure.

John se leva.

— Allons-y tout le monde.

Elle ouvrit le chemin du retour, encore une fois, s'efforçant de se familiariser avec la sensation des cordes entre ses pieds et de son sac à dos frottant contre le plafond de terre au-dessus de sa tête. Avec la sensation de la terre tombant constamment sur elle. Pire encore, la peur. De voir tout ça s'écrouler. D'être enterrée vivante. De ne jamais être retrouvée. Fermant brièvement les yeux, elle enfouit toutes ces pensées autodestructrices au fond de son esprit. C'était la raison pour laquelle elle était ici. Pour apprendre. S'entraîner. Pour qu'en cas d'urgence, quand les autres étaient remplis de ce genre de pensées, elle puisse les secourir.

De la terre tomba sur ses épaules, ricochant sur son casque de chantier. Seigneur, c'était difficile de rester calme parfois.

Ils arrivaient à la section encore plus basse du tunnel et elle devait avancer en rampant sur le ventre. Elle aurait aimé avoir des coudières.

L'ouverture de la deuxième grotte était devant elle. Heureuse, pensant qu'elle avait mangé assez de terre pour aujourd'hui, elle s'extirpa du dernier goulot jusqu'à pouvoir se mettre à genoux et ramper le reste du chemin. En se relevant, elle prit plusieurs grandes respirations. Dieu merci, cette partie était terminée.

Elle commençait vraiment à détester être là en bas. Elle sortit à nouveau sa bouteille d'eau et en termina le contenu. Elle avait deux autres bouteilles dans sa voiture, mais n'en avait pas emporté une deuxième.

Les autres étaient à l'entrée derrière elle. Elle observa et attendit que Paul se lève.

— C'est un sacré voyage, n'est-ce pas ? dit-il avec un grand sourire.

— Je me demande qui a été le premier homme assez fou pour se glisser dans ce genre de tunnels, marmonna-t-elle. Surtout en considérant qu'il ne pouvait pas voir la lumière à l'autre bout.

Jason rit.

— Les hommes explorent depuis la nuit des temps. C'est comme ça.

— Oui, c'est pour ça que les femmes restaient à la maison avec les bébés. C'était bien mieux que ça.

Elle désigna le petit tunnel par lequel elle était sortie.

— Tu avais l'air de mieux gérer la situation cette fois-ci, dit Peter en étudiant son visage. C'était mieux ?

Elle rit.

— C'était mieux. Mais ça ne sera jamais mon sport préféré.

— Ce n'est pas grave. Ce n'est pas pour tout le monde.

Mike se leva et étira les bras au-dessus de sa tête.

— Pour moi, c'est plutôt la découverte de nouveaux espaces. Et il faut souvent aller dans les petits coins minables pour trouver les grands espaces majestueux.

— Je vois.

Elle regarda les autres arriver, les comptant mentalement pour être sûre qu'ils étaient tous là. Une vieille habitude.

— On est prêts à rejoindre nos véhicules ?

Ils hochèrent tous la tête. Peter se mit au pas à côté d'elle alors qu'ils traversaient la caverne de taille moyenne menant à la première grotte du souterrain et au chemin de retour. Elle roula les épaules et se massa doucement le cou.

— Comment va ton bras ?

Elle sourit. C'était une question récurrente ces jours-ci.

— Tout va bien.

La marche vers le soleil et les bois verts devint facile à partir de ce moment-là. Une fois dehors et à bonne distance de la falaise qui se dressait derrière elle, elle alluma son téléphone et consulta ses messages. Puis se figea.

— Seigneur !

—Je viens de contacter Mia, dit Eva. Elle recevra le message quand elle aura à nouveau du réseau.

— A-t-elle trouvé la grotte avec la cachette des armes ?

Eva secoua la tête.

— Non. Elle n'est sûrement pas encore au courant.

Hawk hocha la tête.

— Elle le saura bientôt.

Il fit un signe vers le bureau où reposait le corps de Gordon.

— J'ai appelé le shérif. Mais personne ne s'est encore présenté.

— Il doit penser que rien de ce qui concerne le magasin de Gordon n'est plus important que ce qu'il pourrait avoir à faire. Et puis, on fait souvent notre propre loi. Le shérif vient rarement ici à moins qu'on ne leur rende la vie vraiment difficile.

— Les choses n'ont donc pas beaucoup changé.

Hawk se souvenait avoir été un peu turbulent en grandissant à la campagne, où sa seule occupation était l'unique bar de la ville. Mais il aimait la chasse, les chevaux et les femmes, même à l'époque. Maintenant, il était venu pour la paix de la campagne et son absence totale de gens. Il vivait et travaillait en étroite collaboration avec ses équipiers, à tel point qu'il les considérait comme des frères et sœurs. Non seulement des amis, mais surtout une famille. Ils se connaissaient comme il n'avait jamais connu personne, et il avait découvert un sens de la camaraderie dont il n'avait jusqu'alors jamais soupçonné l'existence. Maintenant, il ne pouvait plus se passer d'eux. C'était d'eux qu'il dépendait dans la vie. Mais la nuit, c'était agréable d'avoir quelqu'un à aimer, à serrer dans ses bras.

Il avait vu Mia une ou deux fois, mais ne la connaissait pas. C'était la meilleure amie de sa sœur, mais elles ne s'étaient vraiment rapprochées que durant les années qui avaient suivi son départ. Maintenant, il se souvenait d'elle comme d'une rousse avec un appareil dentaire et un visage couvert de taches de rousseur. Il devait admettre que les taches de rousseur le fascinaient. Mais elle préférait sûrement les gars qui restaient à la maison. Comme tant d'autres.

Et il était tout sauf ça.

Son regard se porta sur sa montre, puis dévia vers le bureau. Il fallait s'occuper de Gordon. Bon sang. Le laisser comme ça le rongeait.

Il n'avait pas beaucoup vu Gordon ces cinq dernières années, mais c'était un homme bon. Il n'avait pas mérité ça.

— Tu es sûr que c'est Gordon ? demanda Mia soudainement. Il ne marche plus beaucoup. Ça serait bizarre que ce soit lui.

Elle se retourna.

— En fait, je ne l'ai pas vu depuis quelques mois, alors je ne sais pas à quel point il est mobile…

Ses mots le prirent par surprise. « Mobile ? » Il se retournait pour la questionner quand le bruit d'un véhicule arrivant en trombe dans le parking détourna leur attention à tous deux. Il se précipita vers la fenêtre pour regarder dehors.

Une Ford bleue, abîmée et couverte de poussière, roula jusqu'aux marches de l'entrée et s'arrêta net.

Une grande rousse maigre en sortit, une tresse se balançant dans son dos. Mia.

<h1 style="text-align:center">CHAPITRE 3</h1>

MIA SORTIT DE son pick-up, claquant la porte dans sa panique. Elle monta deux par deux les marches de l'escalier menant au magasin de son père et ouvrit la porte à toute volée. Elle se précipita à l'intérieur, le cœur battant la chamade, la sueur lui démangeant tout le corps. *Faites que le message soit faux. Faites que mon père aille bien.* Ils avaient leurs problèmes, mais il était tout ce qu'elle avait. Et elle n'était pas prête à le perdre.

Son élan sauvage se heurta à un mur de muscles et de bras qui la retint.

Toujours paniquée, elle réagit instinctivement et leva le bras, le coude contre la gorge de l'individu, son genou se levant automatiquement lorsqu'elle se tourna.

Et tout aussi soudainement, elle fut attrapée, retournée et maintenue immobile contre une poitrine fortement musclée, une voix calme et claire déclarant :

— Je ne vais pas te faire de mal. Tu dois te calmer.

Elle s'immobilisa. Puis se tourna pour pouvoir regarder le visage du type. Et le reconnut. Ses épaules s'affaissèrent. Le frère d'Eva.

— Hawk ?

— Oui, c'est moi. Tu vas arrêter d'essayer de me castrer ?

Ses bras la maintenaient fermement. Elle hocha la tête

une fois. Ses bras la relâchèrent et il se recula. Elle tremblait encore, son esprit lui hurlant de lui demander des nouvelles de son père. Un son jaillit de l'arrière-boutique.

Eva.

Eva, les larmes coulant sur son visage à la vue de son amie. Mia secoua la tête.

— Dis-moi que tu t'es trompée. Qu'il va bien.

Eva secoua la tête et courut étreindre Mia.

— Je suis vraiment désolée, chuchota-t-elle. On dirait bien que c'est lui.

— Non, oh non !

Mia fondit en larmes, les bras serrés autour d'Eva.

— S'il te plaît, non.

Elle regarda Hawk fixement, cherchant une confirmation.

Il hocha la tête une fois.

— Oh.

Elle enfonça le poing dans sa bouche pour retenir ses pleurs.

La voix dure de Hawk fendit l'air.

— C'est moi qui l'ai trouvé. Il a été abattu d'une balle dans la tête dans son bureau.

Elle poussa un petit cri et pivota pour regarder vers la porte. Puis, s'approchant lentement, elle l'ouvrit et s'arrêta à la vue d'un corps enveloppé d'une couverture sur le sol. Les larmes inondant son regard, elle se coucha lentement à côté de lui, le cœur brisé. D'une main tremblante, elle tira la couverture en arrière. Et cria sous le choc.

— Oh mon Dieu ! Ce n'est pas mon père.

— Quoi ? réagit Hawk.

Hawk et Eva accoururent à ses côtés.

— Non, c'est mon oncle Gerry.

— Vraiment ? Nom de Dieu.

Eva se laissa tomber et entoura son amie de ses bras.

— C'est horrible de penser que c'est une bonne chose, mais…

— C'est une bonne chose.

— Depuis quand Gordon a-t-il un frère ? demanda Hawk.

Il s'accroupit à côté du corps et le retourna légèrement pour pouvoir voir le visage et confirmer les propos de la jeune fille.

— Bon sang, je suis vraiment désolé ! J'ai bien remarqué que cet homme avait un peu moins de cheveux que lui, mais je n'ai pas vu Gordon depuis un bon moment.

— Ce n'est rien, vous ne saviez pas. Ils se ressemblent beaucoup.

Mia ravala ses larmes, le cœur chamboulé par ces émotions successives, mais le soulagement était le principal.

— Il est apparu il y a quelques mois.

Elle s'essuya les yeux d'une manche.

— Ils ont été en froid pendant des décennies.

— Et il a débarqué de nulle part ?

— Oui, au début, papa ne savait pas quoi faire.

Elle renifla à nouveau et remit doucement la couverture sur le corps.

— Papa va être bouleversé.

— Où est Gordon ? demanda Hawk.

— Il devrait être à la maison. Il y est la plupart du temps depuis l'accident. Surtout si Gerry était ici.

— Quel accident ? Et Gerry travaillait-il pour ton père ?

Eva et Mia se tournèrent vers lui, puis l'une vers l'autre. Mia grogna.

— Vous n'êtes pas au courant.

— Au courant de quoi ?

— Papa a eu un accident de voiture il y a quelques mois. Il est dans un fauteuil roulant. Les médecins disent qu'il va finir par aller mieux, mais pour l'instant il a des problèmes de mobilité, alors il est cloué dans un fauteuil roulant en attendant de récupérer.

Le regard de Hawk fouilla son visage, puis se posa sur le corps au sol.

— Je me demande si la balle était destinée à ton père ou à ton oncle.

Elle le fixa du regard et secoua la tête. Elle sortit son téléphone et appela son père, le regard fixé sur son oncle, l'esprit sens dessus dessous après le choc, le soulagement et maintenant de nouveau la panique. Le téléphone fut décroché et, sans laisser à son père l'occasion de répondre, elle demanda aussitôt :

— Papa, c'est toi ?

— C'est moi, répondit-il. Comment s'est passée la spéléo ?

Elle ferma les yeux, les larmes s'accumulant aux coins alors que la voix chaleureuse et attentionnée de son père emplissait ses oreilles et son cœur.

— Ça s'est bien passé. Mais j'ai quelque chose à t'annoncer.

— Oh, qu'est-ce que c'est ?

— C'est oncle Gerry. On lui a tiré dessus.

Elle entendit son père inspirer fortement. Puis une demi-toux.

— Quoi ? Comment ? Tu es sûre ?

— On lui a tiré dans la tête.

— Seigneur ! Où ?

Sa voix se brisa sous l'effet de la douleur et de la colère

mêlées.

— Je suis dans ton bureau en train de le regarder. C'est Hawk, le frère d'Eva, qui l'a trouvé.

— Hawk est en ville ?

Sa voix retrouva un peu de force alors qu'il enregistrait le nom de Hawk.

— Oui, il a appelé les autorités, mais la police n'est pas encore arrivée.

Rien de surprenant à cela.

— Apparemment, une cache d'armes a été trouvée dans l'une des grottes, marmonna son père. Gerry a mentionné quelque chose à propos de bombes et de produits chimiques ce matin quand je lui ai parlé.

— Quand l'ambulance viendra le chercher, je t'emmènerai à l'hôpital pour que tu puisses le voir.

— Oui.

Il s'éclaircit la gorge.

— Ce serait gentil.

En entendant sa voix soudain rauque, elle sentit ses propres larmes lui brûler les yeux à nouveau alors qu'elle lui disait au revoir. Elle se tourna vers les autres qui la regardaient et haussa les épaules.

— Il a besoin de lui dire au revoir.

Hawk hocha la tête une fois. Elle lui tourna le dos, serra ses mains autour de ses genoux et se balança sur place. Le bras d'Eva passé autour d'elle, elle restait assise en silence.

Contrairement à Hawk qui faisait les cent pas.

Mia regarda Eva.

— Depuis combien de temps il est là ?

— Il est arrivé en ville il y a une heure. Je l'attendais aujourd'hui, mais je ne savais pas quand.

— Il est en congé ?

— Oui, dit Mia en souriant. Cinq jours.

— Sympa.

Elle l'étudia à la dérobée. Elle avait entendu parler des SEAL, arrogants et tellement sexy.

Elle n'avait rien contre les hommes. Elle en avait même aimé quelques-uns. Mais certains étaient juste plus que d'autres.

Hawk était l'un d'entre eux.

Plus. De tout. Plus de présence. Plus mâle. Plus puissant.

Mais c'était un SEAL. Le guerrier ultime. Donc pas pour elle.

Elle n'avait jamais eu l'impression d'être suffisante. Ni de pouvoir un jour l'être. Donc elle n'avait pas tenté sa chance. Pourquoi l'aurait-elle fait ? Elle détestait échouer et il était évident qu'elle échouerait, là.

CE N'ÉTAIT PAS Gordon. Mince. Comment avait-il pu faire une telle erreur ? Hawk devait regarder à nouveau. Voir ce qu'il avait manqué. Après avoir fait déplacer les femmes de l'autre côté, Hawk s'accroupit, tira la couverture en arrière et étudia les traits du mort.

Mia parla derrière lui.

— Ils sont d'une ressemblance troublante. Peut-être parce qu'ils étaient ce qu'on appelle des jumeaux irlandais.

En la regardant, il réalisa qu'elle était assise dos au corps. Elle ne voulait pas le voir, et n'avait pas nulle raison de se forcer.

Il fronça les sourcils, essayant de trouver un sens à cette expression.

— Jumeaux irlandais ?

Puis il comprit. Les deux garçons étaient nés la même

année. Et d'après ce qu'il voyait, ils se ressemblaient assez pour être de vrais jumeaux.

En parlant de frères…

Swede. Il envoya rapidement un SMS à Swede pour lui dire qu'il avait confondu.

Son téléphone sonna quelques minutes après qu'il l'eut envoyé.

— Mais qu'est-ce que c'est que ce bazar, mec ?

Swede avait l'air exaspéré et inquiet à la fois.

— Je n'en ai pas la moindre fichue idée. Apparemment, Gordon a eu un grave accident, et son frère est revenu dans sa vie après des décennies d'absence. Et maintenant, six semaines plus tard, il est mort, atteint par une balle qui a pu lui être destinée ou être destinée à Gordon, et en plus de ça, apparemment, quelqu'un a trouvé une cache d'armes, du matériel pour fabriquer des bombes et peut-être des armes chimiques. Je ne sais pas où, ni pourquoi, ni comment. Et bon sang, jusqu'à présent, je n'ai pas réussi à convaincre les autorités de venir sur la scène du crime ni d'enquêter là-dessus. Toutes les unités sont censées être impliquées dans la recherche et le catalogage de la cache d'armes et dans la recherche du propriétaire.

La frustration le rongeait.

— Apparemment, un meurtre est une priorité de second rang.

Swede jura vigoureusement en plusieurs langues. L'homme était instruit et en maîtrisait quatre.

— Je viens quand même. Les autres aussi. Ce n'est pas officiel, évidemment, mais il se passe des trucs.

— Je sais. Il y a autre chose.

D'un geste du bras, il attira l'attention de Mia et lui montra le mur et le râtelier d'armes. Il savait que les choses allaient empirer à la minute où la couleur quitta son visage.

— Swede, le stock d'armes de Gordon a également été volé. J'ai besoin de lui parler. D'obtenir une liste complète.

Swede gémit.

— Tu ne veux pas me faciliter les choses, n'est-ce pas ?

Hawk grogna.

— Non. Je suis venu ici pour prendre un peu de repos. De vraies vacances. Passer du temps en famille.

— Eh bien, on dirait que tu l'as trouvé, à la manière SEAL.

Et il raccrocha. C'était tellement vrai.

Sa bonne humeur retrouvée, Hawk rangea son téléphone pour voir Mia courbée comme si elle souffrait.

Il courut à ses côtés.

— Tu vas bien ?

Elle hocha la tête et essaya de se redresser.

— C'est juste trop, chuchota-t-elle. J'ai entendu très peu de choses sur la cache d'armes.

Elle secoua la tête.

— Mais ce que j'ai entendu n'est pas engageant. Et maintenant que les armes de papa ont été volées, ça ne fait qu'ajouter au chaos.

— As-tu une idée de qui pourrait être le propriétaire de la cache d'armes qu'ils ont trouvée ?

— Non. Ce n'était pas très loin de là où j'étais aujourd'hui. J'ai déjà été dans cette zone, comme nous tous, mais aucun d'entre nous n'aurait pu imaginer une telle planque.

— Tu as aussi parlé d'armes chimiques ? demanda Eva d'une petite voix. Pourquoi ?

Il ne répondit pas. Il n'y avait pas de réponse encourageante. Des armes comme celles-ci pouvaient être destinées à se préparer à un truc comme la fin du monde, à se protéger d'une invasion extraterrestre, ou pire, à une attaque sur le sol américain par des terroristes.

Et d'après le regard des femmes, il soupçonnait qu'elles comprenaient elles-mêmes le danger.

Un véhicule entra dans le parking. Hawk se redressa et regarda par la fenêtre. Enfin ce fichu shérif.

Il alla à sa rencontre.

— Eh bien, si ce n'est pas notre petit gars SEAL qui a grandi !

Adolescent, il n'avait qu'un seul but dans la vie, rejoindre la Navy et devenir un SEAL. Il avait fait face à de nombreuses moqueries à l'époque. Le fait qu'il ait réussi ne lui a pas valu de louanges ici. Trop de gens voyaient leurs rêves brisés et ne voulaient pas rien savoir de ceux qui avaient atteint les leurs.

Peu importait.

Il savait qui il était. Cela lui avait peut-être pris du temps, mais il y était arrivé.

Mia s'avança.

— Shérif McKay.

Il cracha une boulette de chique sur le côté. Bien. Hawk lui aurait cassé la figure si ça avait été dans la direction de Mia. Hawk n'avait aucune patience pour ceux qui manquaient de respect.

Mia, cependant, ne semblait pas avoir la moindre idée qu'elle était censée être mieux traitée.

— Mon oncle a été assassiné, dit-elle d'un ton contrôlé.

— Je suggère que vous nous laissiez faire ce genre de déclaration, dit le shérif en rajustant sa ceinture autour de ses hanches. Nous sommes la loi ici.

Son regard s'aiguisa, fixé sur le visage de Hawk.

— Tu restes ?

— Pour un moment.

Mais il refusait d'en dire plus. En fait, il était sur le point de contacter son commandant et de le mettre au courant de la situation. Quelqu'un devait le faire – ce type n'avait pas l'air d'en avoir quoi que ce soit à fiche.

CHAPITRE 4

MAINTENANT QUE LE shérif était là, Mia se sentait libre de partir. Elle conduisit jusqu'à la maison de son père. À mi-chemin, elle se souvint de la douille qu'elle avait vue dans la grotte. Les deux incidents étaient-ils liés ? Elle aurait dû mieux regarder pendant qu'elle était là-bas. Mais elle n'avait pas pensé à ce moment-là qu'il fallait s'en inquiéter. Elle n'en avait même pas parlé aux autres. Cela aurait-il fait une différence ? Elle n'en savait rien.

Que se passait-il ? Le fait que les armes de son père aient disparu l'inquiétait encore plus. Son père gardait d'autres armes à feu et des munitions chez lui. Elle en avait parlé au shérif qui avait piqué une crise et envoyé un adjoint chez son père pour l'interroger à ce sujet. Comme si le pays tout entier n'avait pas sa propre réserve. Son père en gardait juste plus que la plupart. Mais tous ses papiers étaient en ordre.

Et si l'adjoint avait suivi les ordres, où était son véhicule ? Il aurait déjà dû être là. Elle se gara et marcha jusqu'à la porte d'entrée de la grande et vieille demeure en rondins. Elle était dans la famille depuis des générations.

— Papa ?

Le silence. Elle poussa la porte d'entrée.

— Papa, tu es là ?

Pas de réponse.

— Papa, où es-tu ?

Courant dans la maison, elle vérifia toutes les pièces. Il n'y avait aucun signe de lui.

Elle sortit son téléphone.

— Eva, Papa n'est pas là.

Elle écouta l'exclamation de surprise de son amie.

— Où pourrait-il être ?

— Je n'en ai aucune idée.

Elle fit le tour du périmètre de la maison. Il y avait plusieurs dépendances et, six mois plus tôt, il aurait été dans n'importe laquelle d'entre elles. Mais maintenant, dans son état… c'était peu probable. Toutes les portes étaient pour l'instant fermées.

— Aucune trace de lui ?

— Non.

Et elle avait peur. Vraiment peur.

— Eva ?

— Oui, qu'est-ce qui se passe ?

— Les autres armes ont disparu.

— Comment ça ?

Mia se tenait devant l'entrepôt verrouillé et surveillé de son père. Tout le stock du magasin arrivait ici jusqu'à ce qu'on en ait besoin. Toujours. Et les doubles portes étaient ouvertes, les lumières éteintes. Mais elle pouvait voir l'armoire à fusils vide.

— C'est vraiment une mauvaise nouvelle, dit-elle doucement.

Elle entendit du bruit derrière elle.

— Tiens bon, on arrive, cria Eva. Dix minutes.

— C'est trop tard, dit doucement Mia, son cœur s'arrêtant devant l'inconnu en face d'elle pour s'emballer à nouveau devant le canon de l'arme pointée sur elle.

— Je suis déjà kidnappée.

— Raccroche ce maudit téléphone. Et mets-toi derrière ton père.

L'étranger fit un signe vers l'arrière du bâtiment. Elle ne voyait rien.

— Comment je vais le faire descendre de cette fichue montagne s'il ne peut pas marcher ?

— Il a eu un grave accident, dit-elle, sa voix se brisant alors qu'elle marchait lentement dans la direction qu'il indiquait, priant que son père aille bien. Il ne peut pas marcher très loin.

— Eh bien, il vaudrait mieux qu'il y arrive, sinon je vais devoir lui en coller une aussi. Je ne laisserai aucun témoin derrière moi.

Le canon de l'arme se leva.

— Maintenant, ramène tes fesses là-bas.

Elle déglutit et se rapprocha de quelques pas. Lorsque ses yeux s'adaptèrent à l'obscurité, elle put voir le tireur, le visage toujours dans l'ombre, un pistolet dans une main et un fusil sous l'autre bras. Mince. Elle mit rapidement son téléphone dans sa poche. Mais en l'y glissant, elle activa le microphone pour qu'Eva puisse encore entendre la conversation. D'une voix froide, elle demanda :

— Où est mon père ?

— Oh, il est là. Maintenant, bouge ou je te descends là où tu es. Je n'hésiterai pas, déclara-t-il en haussant les épaules.

— Qu'est-ce que tu veux ?

— Récupérer ma cache.

Zut, zut et rezut. C'était le fou avec la grotte pleine d'armes.

— J'en ai besoin.

— Qu'est-ce que ça a à voir avec mon père ?

— Ton père a plus d'armes, ricana le tireur. Et j'ai des commandes à remplir. Des armes à fabriquer. Si elles ne sont pas prêtes, les gens vont être très mécontents de moi. Je ne peux pas me permettre ça.

— Tu fabriques des armes pour d'autres ? demanda-t-elle, horrifiée. Quel genre d'armes ?

— Des armes qui vont faire un trou dans l'Empire State Building, pour commencer.

Et il rit.

— Tu veux vraiment rester plantée là et te prendre une balle, on dirait.

Dans son esprit se dressa soudain la première personne à laquelle Eva parlerait de sa situation. Hawk. Le SEAL. Se sentant soulagée, elle sourit à son ravisseur et en son for intérieur quand le regard de celui-ci se rétrécit. Puis elle aperçut son père, qui gisait derrière lui dans un tas de ferraille.

— Papa !

Elle courut vers lui.

— J'espère que tu pourriras en enfer pour ça, hurla-t-elle.

— Ça, c'est une garantie, s'exclama-t-il. En plus, il n'a pas voulu me dire où se trouvent les autres armes et les munitions dont j'ai besoin pour les armes du magasin.

— Comment as-tu su qu'il en avait ici ?

— Facile, son sournois de frère était censé les récupérer pour moi, à la base. Mais il a renoncé à notre accord. Typique. Je ne lui ai jamais fait confiance.

Elle ne savait pas quoi penser. Gerry avait trahi son père. D'après l'expression de son visage, ses yeux grands ouverts au regard douloureux, c'était exactement ce qui s'était passé. Qu'il soit maudit.

Tant pis pour le désir de réconciliation avec son frère.

Gerry était venu pour le voler. Et avait fini par mourir.

HAWK FIXA SA sœur pendant une nanoseconde après qu'elle eut transmis le message. Il avait sorti son téléphone, ses pensées filant à la vitesse de l'éclair tandis que ses doigts composaient le numéro de Mason. Avec un regard de biais vers l'adjoint du shérif qui avait été réassigné pour gérer la scène au magasin, il sortit et se dirigea vers sa Jeep.

Mason répondit d'une voix traînante et paresseuse qui disait à Hawk, mieux que des mots, que tout allait bien dans la vie de son ami. Dommage qu'il soit sur le point de perturber ce charmant interlude. Mais ils avaient des problèmes.

Quand il commença à s'expliquer, Mason retrouva rapidement tout son sérieux. Pendant qu'il relayait le message sur les bombes, la guerre chimique pour les clients, Mason faisait des plans. Quand il mentionna l'Empire State Building, Mason se mettait déjà en route.

— On ne nous a pas appelés sur ce coup-là, tu sais.

— Je sais. Mais je ne peux pas partir. C'est ma sœur, ma ville natale. D'après ce que je peux voir des forces de l'ordre inexistantes, personne ne va être appelé pour gérer ça.

— Tu as dit que les militaires ont été appelés ?

— Non, j'ai dit que les gens dans la rue les attendaient. Jusqu'à présent, il n'y a rien. J'ai besoin de la confirmation que les militaires sont en route, et je dois aller chercher Mia et son père.

— Bien sûr.

Mais la voix de Mason était distante, il avait déjà une vue d'ensemble.

— Combien de membres de l'escouade sont là ou en route ?

Hawk hésita.

— Swede, c'est sûr. Je n'ai pas appelé les autres.

— Je pense qu'il est temps que tu le fasses. Je te rappellerai.

Hawk sourit. C'était mieux comme ça. Une fois qu'il eut appelé les membres de son équipe et les eut mis au courant des événements, tous étaient partants. Dieu qu'il les aimait.

— D'après l'expression de ton visage, je suppose que tu as une bonne nouvelle ? dit Eva à côté de lui, de l'espoir dans la voix.

— Je ne suis pas encore sûr, mais parler aux gars, ouais, c'est toujours une bonne nouvelle.

— On va chez Mia ?

— J'y vais. Toi, retourne à l'intérieur et raconte au shérif ta conversation avec moi.

Elle fronça les sourcils.

— Je veux venir avec toi.

Il la prit dans ses bras et la serra contre lui. Puis la relâcha.

— Ça n'arrivera pas et tu le sais. C'est mon travail.

— Tu n'as ni armes ni équipe, protesta-t-elle. Tu ne peux pas affronter des hommes avec un camion rempli d'armes.

— Un camion ?

Il fixa sa sœur.

— Peut-être que tu devrais m'en dire un peu plus sur ce que Gordon a en tête ?

Elle haussa les épaules.

— Je ne sais pas grand-chose, mais il a fait venir une nouvelle cargaison pour la prochaine saison de chasse.

— Évidemment.

Un très bon timing. Mais encore une fois, pour un homme qui avait une cache d'armes, les fusils de chasse n'allaient pas être d'un grand intérêt. Sauf s'il était désespéré et que les armes étaient faciles d'accès.

L'adjoint revint alors à l'extérieur. Hawk s'appuya contre la Jeep et lui demanda de but en blanc quand l'armée allait arriver. L'adjoint secoua la tête.

— Elle ne viendra pas. Le shérif dit qu'il s'en occupe.

Hawk hocha la tête, mais à l'intérieur…

Quelle idiotie. Il sortit sa Jeep du parking et s'engouffra dans la rue principale. Gérer ça, mon œil. Ce shérif n'allait rien gérer du tout. Ce n'était pas un incident qu'il pouvait garder secret – du moins pas pour longtemps. Sauf si c'était encore de la désinformation.

Tout ça ne serait pas dû à un problème mineur, n'est-ce pas ?

Non. La mort de Gerry disait que quelque chose de bien pire était en train de se passer.

CHAPITRE 5

MIA S'ACCROUPIT PRÈS de son père. Il avait sombré dans l'inconscience, le teint cireux, le corps affaissé selon un angle bizarre.

— Papa, tu m'entends ?

— Je ne l'ai frappé que sur la tête, dit le tireur. Il est tombé sur le coup, mais il était conscient, donc il n'est pas gravement blessé.

— Il ne va pas bien. Il a eu un accident de voiture il y a quelques mois.

— Ça n'a pas beaucoup d'importance.

Il fit une pause, puis ajouta d'une voix dure :

— Soit je vais lui mettre une balle, soit il va se lever et partir d'ici. Je ne peux pas laisser de témoins.

Elle ferma les yeux. Mince. Elle serra la main de son père et retint son souffle quand il serra la sienne à son tour. C'était très léger, mais c'était une tentative évidente de lui faire savoir qu'il était là.

— Il y a une autre solution, dit-elle au tireur.

— Oui, se moqua-t-il. Et c'est quoi ?

— Je viendrai avec toi, et mon père ne dira rien à personne parce qu'il saura que je suis avec toi.

— Mais il ne le saura pas parce qu'il est dans les vapes et il pourrait très bien vendre la mèche quand même, grogna le tireur. Bien essayé.

— Alors comme il ne sait rien et qu'il est blessé et inconscient, laisse-le tranquille. Il a déjà tellement souffert que je doute que son corps puisse en supporter davantage.

Cette vérité était douloureuse.

Que fichait Hawk, bon sang ? Si cette ordure réussissait à s'échapper avec elle comme prisonnière, Hawk ne la retrouverait jamais. Et son père mourrait. Il l'avait échappé belle quelques mois plus tôt. Il était déjà affaibli. Il ne survivrait peut-être pas à ce second traumatisme.

Elle jeta un coup d'œil dans l'entrepôt. Son père avait promis qu'il réduirait le stock et nettoierait cet endroit. Au lieu de quoi, il semblait qu'il avait stocké davantage. C'était un peu un « drogué de la fin du monde ». Elle avait essayé de lui faire entendre raison, mais il était ce qu'il était, et s'il voulait garder une réserve de dix ans de conserves, qui était-elle pour le contredire ?

Elle changea de position pour s'asseoir sur le sol. Si le tireur avait volé toute cette nourriture et ces provisions, il pourrait se terrer pendant des années.

Une pensée qui donnait à réfléchir. Elle étreignit à nouveau la main de son père, essayant de lui transmettre un sentiment de sécurité, de le rassurer. Mais cette fois, il n'y eut pas de réponse.

Son téléphone était toujours dans sa poche. Soit le tireur avait oublié, soit il s'en fichait. Cette dernière option lui faisait peur.

— Pourquoi ne t'enfuis-tu pas pour te cacher ? demanda-t-elle prudemment. C'est ce que je ferais si on trouvait ma planque.

— Pourquoi ? Ils ne savent pas que c'est moi. Ils n'ont aucune idée de qui est le propriétaire de la cache. Et puis, je ne vais pas tout laisser derrière moi. Et ce n'est pas non plus ma seule cachette. Les armes finies sont ailleurs. Et aujourd'hui c'est le jour de la livraison.

L'arme lui toucha le dos.

— J'ai besoin de ce paiement. Il n'y a pas moyen que je perde ça.

Elle ferma les yeux. Seigneur. Seigneur. Seigneur.

— Ah, je vois que tu comprends parfaitement la situation dans laquelle tu te trouves, maintenant, se moqua-t-il. Une balle pour vous deux serait beaucoup plus facile, n'est-ce pas ? Eh bien, je n'ai pas envie de vous faciliter la tâche. Toi et ton joli petit monde, vous n'avez aucune idée de ce qui se passe sous la surface. Vous piétinez les gens tous les jours en vous croyant dans votre bon droit. Eh bien, peut-être que c'est le cas. Tout comme j'ai fait mon truc dans les grottes en dessous, en m'estimant dans mon bon droit.

— Ce n'est pas ton droit de faire du mal aux gens. De fabriquer des bombes pour faire sauter des endroits.

— Qu'est-ce que tu en sais, avec ta belle maison, ton boulot et ton train de vie ? Tu ne t'es jamais battue pour quelque chose de valable. Quelque chose de majeur qui se passe à l'échelle mondiale.

Sa voix avait pris une intonation fervente, presque fanatique.

Elle le regarda et le questionna :

— Est-ce un complot terroriste ?

— C'est bien plus que ça, ricana-t-il. Tu ne comprendrais pas. Vous avez tout, mais vous n'avez rien d'important. Pas de foi. Pas de cause. Pas de valeurs.

Elle énuméra mentalement les groupes terroristes connus. Non pas que les noms importent. Ils étaient tous pareils. Et ils lui flanquaient tous la trouille.

Lui aussi.

— Debout, dit-il d'une voix dure. C'est l'heure.

Elle détestait demander, mais elle se força à articuler.

— L'heure de quoi ?

Elle entendit un gros camion approcher. Trop lourd pour être la Jeep.

— L'heure de partir.

Il pointa son arme sur son père et elle s'interposa.

— Je viens avec toi si tu épargnes sa vie.

— Tu viens de toute façon, dit-il, surpris. Tu n'as donc rien à négocier.

— Je viendrai de mon plein gré. Tu n'auras pas à t'inquiéter d'une quelconque résistance de ma part.

Il étudia le corps mou de son père, puis elle, puis haussa les épaules.

— Peu importe, mais si tu résistes, tu prendras une balle.

Qu'est-ce qu'elle faisait ? *Faites que Hawk arrive vite.*

HAWK ÉTAIT SUR la route principale quand son téléphone sonna. Il le sortit, l'accrocha à son tableau de bord et appuya sur le bouton du haut-parleur.

— Je suis là, grogna-t-il. Quoi de neuf ?

— C'est peut-être à toi que je devrais demander ça, dit Swede. Je suis à une demi-heure d'ici. Tu as du nouveau ?

— Oui, annonça-t-il d'une voix laconique. Je me dirige vers la maison de Gordon. D'après ce qu'Eva a entendu par le téléphone de Mia, Gordon est blessé et inconscient et Mia essaie de lui éviter une balle. Le tireur a aussi l'attirail de la maison de Gordon maintenant.

— Mince. Pas bon. Ça fait beaucoup d'armes. De quel genre ? Pour qui sont-elles ?

— Mason s'en occupe, dit Hawk. On est à la cache et

Mia a des problèmes. Je m'y rends tout de suite. Je dois la secourir.

— Il faudra encore des heures avant que quelqu'un d'autre soit mobilisé là-bas.

Hawk grogna.

— Il faudra des heures avant qu'ils obtiennent les informations dont ils ont besoin pour mobiliser quoi que ce soit. Et si ce type est si violent en ce moment parce qu'il a quelque chose en tête ? Il a dit qu'aujourd'hui est le jour de la livraison. Il ne va rien laisser se mettre en travers de son chemin.

— C'est déjà le cas, dit Swede. On a besoin de renseignements sur Gerry.

— Oui, on en a besoin. Je n'ai délibérément pas apporté mon ordinateur portable avec moi. Et jusqu'à présent, je n'ai même pas eu une demi-heure pour chercher des informations avec mon téléphone.

— Non. Cooper s'en charge. Quand tu m'as dit que c'était Gerry et pas Gordon, je l'ai mis sur le coup. Gerry est un tout autre problème. Je n'aime pas penser qu'il est venu en apportant des embrouilles à sa traîne.

— C'est pourtant le cas.

Hawk réalisa qu'il ne l'avait pas informé de l'implication de Gordon. Il compléta rapidement l'information.

— Alors on a de plus gros problèmes qu'on ne le pensait. On a besoin de l'équipe et de notre équipement.

— C'est officieux.

— On s'en fiche. C'est la famille.

Hawk s'engagea sur la voie de dépassement et accéléra pour passer devant la camionnette. Il avançait lentement, comme s'il n'y avait rien à craindre. Mais il aurait été facile d'y cacher des armes aussi. Maintenant, il allait devoir regarder chaque véhicule comme s'il s'agissait d'une bombe terroriste. Mince.

La bifurcation était juste devant, et il allait freiner quand il s'aperçut que le gros camion derrière lui ralentissait aussi. Et zut. Il appuya sur l'accélérateur et dépassa la bifurcation. Le camion ralentit encore et tourna dans l'allée de Gordon. La maison était à l'arrière, loin sous un bosquet d'énormes arbres à feuilles persistantes, ce qui assurait un excellent camouflage. Elle était aussi complètement cachée de la route. Il ralentit, dit à Swede ce qui se passait et fit demi-tour sur la route.

— Je suis à quinze minutes.

— Il vaudrait mieux qu'elles se transforment en cinq. Elle n'aura pas beaucoup plus de temps que ça.

Il engagea la Jeep dans l'allée, s'enfonçant dans les bois aussi loin que possible hors de vue. Il coupa le moteur, entra dans les bois et commença à se diriger vers la maison. Il n'y avait aucun bruit. La maison était silencieuse. Tout le monde était à l'arrière avec le camion. Il se glissa sous le couvert des arbres jusqu'à l'arrière de la maison et entendit qu'on y donnait des instructions de chargement et de déchargement à cet endroit. Il regarda l'avant. Il pouvait se faufiler à l'intérieur et voir ce qui se passait, mais il serait plus difficile de sortir assez vite si ça tournait au vinaigre.

Et ça allait arriver.

Il ignorait juste savoir comment et de quel côté les corps tomberaient.

Par conséquent, il se glissa de l'autre côté de la maison. Un homme se tenait sur le côté, une cigarette à la main, un téléphone portable à l'oreille, en train de parler.

— Oui, on va charger dans quelques minutes. La cache restante est à environ vingt minutes d'ici. Une heure environ pour charger, puis on devrait être en route dans un peu plus de deux heures, dit l'homme avant de hocher la tête. Ce sera fait.

Et il raccrocha. Il se tourna vers les autres.

— Fermons et chargeons. J'ai dit qu'on quitterait la ville dans deux heures.

— Et pour la fille et son père ?

— Abattez-les.

CHAPITRE 6

LE CŒUR DE Mia s'arrêta à ces mots. Depuis l'arrivée du camion, la donne avait changé. Il n'y aurait plus moyen de se sortir de ce pétrin maintenant. Elle plongea sur le côté de l'abri, mais ne réussit pas à recouvrir le corps de son père. Seigneur. Que pouvait-elle faire ? Où était Hawk ?

— Je pense qu'on devrait l'emmener. Un otage, c'est toujours bien. Ça empêche les flics de nous attaquer, quand ils s'inquiètent pour la vie d'innocents.

Le ricanement dans sa voix en disait long.

Elle prit une profonde inspiration et écouta.

— Une fois qu'ils auront compris ce qu'on a prévu, ils nous jetteront ce qu'ils ont de meilleur.

— Laissez-les faire.

L'homme au ricanement ajouta dans un rictus :

— Mieux encore, invitons-les à venir.

— Eh bien, comme ils sont susceptibles d'être là quand on arrivera…

— Il n'y a pas de forces de l'ordre à proximité. Aucune qui compte, nulle part. Juste le shérif.

— Comme s'il s'en souciait. On pourrait l'acheter pour quelques dollars.

Mia les écoutait se disputer. Elle n'avait aucune idée de qui les autorités enverraient, mais étant donné l'endroit et le type de problème, elle pariait que ce serait les militaires. Ce n'est pas comme si les villes voisines avaient accès aux effectifs de police des grandes villes.

Elle pensa aussi aux SEAL – comme Hawk. Mais même lui ne pourrait pas gérer ce groupe tout seul. Pas avec toute la puissance de feu que ces hommes avaient rassemblée. Elle se disputait avec son père depuis toujours à propos de son commerce d'armes. Elle se fichait qu'il ait une licence. Ce n'était toujours pas une entreprise intelligente à avoir. Mais il croyait fermement que les armes étaient innocentes et que les gens étaient coupables. Il pensait qu'un tueur tuerait, quelle que soit l'arme. Elle reporta son attention sur à la conversation.

— Tu es un idiot. Sans forces de l'ordre, ils vont faire appel à l'armée pour cette cache. Donc ce sera les militaires. Et pas les SEAL, c'est juste une bande de péteux surfaits qui pensent que leur derrière ne pue pas autant que celui des autres.

— Pourquoi pas les SEAL ? Bon sang, on en fait suffisamment pour que ce soit eux, s'emporta l'orateur.

— Ça n'arrivera pas.

L'autre homme se mit à rire jaune.

— Du moins pas avant qu'on commence à tuer le peuple américain. C'est à ce moment-là qu'ils nous remarqueront. En plus, ils préfèrent l'eau, tu sais bien.

Elle regarda le seul homme maigre hausser les épaules, jeter un coup d'œil dans sa direction, puis ajouter :

— Ce serait quand même bien d'avoir un corps chaud contre lequel se blottir ce soir.

— Révoltant. Je suis contre le viol, tu le sais.

Autant elle aimait entendre ça, autant elle avait du mal à comprendre le concept d'un terroriste heureux de faire exploser le peuple américain dans des tueries de masse, mais opposé au viol.

— Je peux la rendre consentante, protesta le premier.

Mia tourna la tête de l'un à l'autre. Rien que de penser à ce qu'il ferait pour la rendre consentante…

— Comme si ça allait arriver, Stan, grogna l'autre homme. Non. Elle va juste nous causer des ennuis.

— Maintenant, je dois la tuer, tu as dit mon nom, se plaignit ledit Stan. Tu sais qu'on ne devait pas faire ça ?

— Faire quoi ? Se parler ?

Le premier homme armé, celui qui l'avait forcée à monter à l'arrière, se tourna vers elle et dit :

— Lui, c'est Stan, le chauffeur, c'est George et moi, c'est Dave.

Puis il se retourna vers les autres.

— Ne soyez pas stupides. On ne peut laisser personne en vie. Qu'ils connaissent nos noms ou pas. Elle a vu nos visages, vous vous souvenez ?

Avec un regard dégoûté vers les deux hommes, il pointa du doigt les piles de cartons.

— Chargez-les. On doit prendre la commande et l'emporter au rendez-vous.

Comme ils ne bougeaient pas, il ajouta :

— Maintenant.

Les deux hommes se dépêchèrent d'obéir.

Mia était assise, blottie contre le mur. Elle souhaitait pouvoir les voir assez clairement pour mémoriser leurs visages, comme elle avait retenu leurs noms. Ils savaient où elle était, et ce n'était pas comme si elle avait un moyen de s'échapper, mais bon sang, elle en voulait un. Il y avait trop de puissance de feu ici pour qu'elle arrive à s'en sortir seule. Elle jeta un coup d'œil autour d'elle. Il y avait quelques fissures dans le hangar par lesquels la lumière du jour se faufilait, mais elles se trouvaient entre les bandes de métal. Son père se lamentait depuis des années sur la nécessité de réparer l'entrepôt, mais celui-ci était adossé à la falaise, donc même si elle réussissait à sortir, elle ne pourrait aller nulle part.

Un petit bruit de grattage se fit entendre juste derrière elle, puis quelque chose la poussa. Elle se retourna pour voir une main passer à travers le mur du fond. Une grande main d'homme. Elle l'attrapa et la serra. Il serra en retour, puis essaya de se retirer, mais elle ne pouvait pas le laisser faire. Elle ne voulait pas être seule. Mais il ne pouvait pas l'aider si elle ne le laissait pas se retirer.

Se mordant la lèvre, elle lâcha prise.

— Plus vite, on perd du temps, bouge-toi.

Les hommes se précipitèrent, chargeant les caisses et les boîtes plus rapidement. Son cœur se mit à battre la chamade lorsqu'elle entendit des bruits derrière elle. Les hommes pouvaient-ils entendre ? Mais ils faisaient tellement de bruit eux-mêmes en chargeant qu'elle espérait que ce n'était pas le cas. Et elle n'avait aucune idée de la façon dont elle pourrait sortir derrière ce fichu hangar si Hawk réussissait à agrandir suffisamment le trou. Elle n'avait aucun doute sur l'identité de la personne qui était là. Ce devait être Hawk. Personne d'autre n'aurait été assez stupide. Le cœur battant à tout rompre, elle l'encouragea silencieusement à continuer. Elle continuait à se contorsionner pour suivre sa progression derrière elle, puis celle des hommes devant elle. Lorsqu'elle reçut un coup violent dans le dos, elle se retourna et vit un coin de la tôle soulevé à peine assez haut pour que sa tête passe à travers. Elle n'allait pas arriver à sortir de là.

— Maintenant, lui souffla un chuchotement rauque.

Secouant la tête, mais essayant déjà de passer, elle se rendit compte qu'il se tenait au-dessus et soulevait le bord de la bâche juste assez pour qu'elle puisse se faufiler dessous. Ses épaules étaient serrées, et avec les rochers juste là, elle n'avait pas de place pour bouger. Qui aurait cru que sa matinée à se tortiller dans les tunnels de la grotte lui servirait à quelque chose ! Elle réussit à aller un peu plus loin, puis des mains puissantes l'attrapèrent sous les bras et la dégagèrent d'un coup sec. Elle se releva et murmura :

— Mon père.

MINCE. HAWK JETA un coup d'œil sous le rabat en tôle. Il n'allait pas pouvoir sauver Gordon. Mais il devait essayer. Ils avaient à peine quelques secondes avant que les hommes ne viennent chercher Mia. Mais Gordon était son ami. S'il y avait un quelconque moyen de l'aider… Hawk poussa rapidement Mia sur le côté et se glissa à l'intérieur. Le bras de Gordon n'était qu'à quelques mètres, mais ce n'était pas un gringalet. Hawk attrapa le bras et attira le grand homme vers lui. C'était lent, mais il gagnait du terrain. Finalement, il put l'agripper sous le bras et le traîner en arrière. Comme il ne pouvait pas se lever, il ne pouvait pas faire levier pour tirer.

Devant lui, il pouvait entendre les hommes rire et plaisanter.

— O.K., c'est la dernière boîte. Maintenant, on prend la fille et on se casse.

— Attendez, ces satanées boîtes vont bouger. Ça ne va pas. Allez. On doit les étaler. On les rangera quand les bombes seront chargées.

Hawk se figea. Des bombes ?

Il rassembla ses forces et traîna Gordon sur le dernier mètre jusqu'au trou, qui était vraiment trop petit.

Mia se précipita et tira la tôle en arrière.

— Je t'ai dit de t'enfuir, chuchota-t-il.

— Pas sans toi et mon père.

Il secoua la tête et traîna Gordon dans ce fichu trou.

— On est en train de le tuer, en le déplaçant comme ça.

— Il a une chance, au moins. Il n'a aucune chance contre une balle.

Il ne pouvait pas le contester. Finalement, comme un barrage qui se rompt soudainement, Gordon glissa à travers le trou. Hawk attrapa son corps flasque et le jeta sur son épaule. Mia fila devant lui.

— Psst, chuchota Hawk en courant vers la colline derrière le hangar.

Les hommes seraient moins enclins à les poursuivre si c'était difficile. Il vérifia que Mia le suivait. Elle courait maintenant derrière lui. Il lui fit signe de passer devant.

— Nous devons monter environ cinq cents mètres, puis descendre jusqu'à la route et revenir. Ma Jeep est cachée dans les bois.

Le soulagement traversa son visage et elle partit dans la direction qu'il indiquait.

CHAPITRE 7

LA PANIQUE NE suffisait pas à ralentir son pas. Les hommes étaient sur leurs talons, ils devaient avoir remarqué qu'elle s'était échappée et ce n'était pas comme si Hawk et elle avaient été discrets. Elle savait qu'ils avaient laissé des traces sur le sol en traînant son père en dehors.

Elle regarda à travers les arbres. À combien étaient les cinq cents mètres ? Avait-elle dépassé cette distance ? Hawk aurait sûrement dit quelque chose. Pour la dixième fois en une demi-seconde, elle se retourna pour vérifier la progression du SEAL. Et elle admira son aisance. Il courait léger sur ses pieds, son père sur les épaules. Il gardait facilement son rythme à elle, bien qu'il étudie les bois autour d'eux. Il cherchait le meilleur endroit pour descendre.

Bien, elle était prête à descendre de cette crête. Elle n'aimait pas les hauteurs. Elle lui laissait cette partie.

Elle avançait aussi vite et aussi silencieusement que possible. Elle se précipita d'abord, puis réalisa qu'elle devait arrêter de se déplacer comme un éléphant à travers les bois. S'ils suivaient, alors ils suivaient, mais que ce ne soit pas parce qu'elle n'avait pas le pied assez léger.

— Tourne à l'arbre mort.

Elle ne se retourna pas. Elle fixa le plus grand arbre mort qu'elle ait jamais vu.

En prenant le virage, elle sentit ses pieds se dérober sous

elle. Elle réussit à étouffer son cri, mais pas à rester debout. Elle tomba sur les fesses et glissa rapidement vers le bas.

Au moins, elle avait pu s'asseoir. En bas, elle se releva et se cacha derrière un arbre. Puis elle prit un moment pour dépoussiérer ses vêtements.

— Prête ?

Hawk était déjà à ses côtés, ne montrant aucun signe de chute ni de fatigue. Il avait réussi à descendre cette falaise sans aucun stress visible. Elle, en revanche, avait l'air d'avoir été traînée dans la boue.

Il attendit qu'elle se redresse puis dit, avec un calme exagéré :

— Si tu es prête.

Elle admirait son attitude posée et son sang-froid. Alors qu'elle, elle était sur le point de hurler et de péter les plombs, à ce stade. Elle le précéda et ouvrit la voie. Ils ne devaient pas être loin de la route principale. S'ils arrivaient à y accéder, ils pourraient trouver de l'aide.

Mais il avait dit qu'il avait une Jeep. Si elle était bien là, ils pourraient se tirer d'ici et contacter les autorités. Et son père pourrait aller à l'hôpital. Quand bien même il ne se réjouirait pas de ce résultat. Il détestait ces fichus endroits. Elle ne pouvait pas vraiment lui en vouloir. Que Dieu aide les infirmières quand il se réveillerait !

Elle s'arrêta. Où était la Jeep ? Elle se retourna pour regarder Hawk. Mais il pointa dans la même direction. Elle maintint son rythme forcené. Son corps lui disait qu'il avait besoin de repos. Et d'eau. Elle avait utilisé une bouteille en faisant de la spéléologie et avait laissé le reste dans son camion. Dommage. Elle en aurait eu bien besoin. L'exercice l'avait fait transpirer.

Elle se retourna vers lui. Toujours en train de porter son

père, il marchait sur le sol de la forêt, mais apparemment sans le moindre bruit. Elle comprenait comment être discrète, mais pas si parfaitement silencieuse. C'était fascinant. Comment parvenait-il à marcher sur les broussailles sèches sans faire de bruit ?

— Prends à gauche.

Sa voix grave et profonde la fit sortir de sa rêverie. Instinctivement, elle suivit ses ordres. Elle prit un virage, traversa une dépression, puis remonta.

— Encore à gauche.

En tournant à gauche, elle contourna d'épaisses broussailles et s'arrêta. La Jeep noire était garée devant elle. Elle commença à trembler de soulagement. C'était vraiment stupide, ils étaient loin d'être en sécurité.

Elle se précipita et essaya d'ouvrir la porte côté passager avant de réaliser qu'elle était bien sûr verrouillée. Elle courut vers Hawk, mais il était déjà au coin de l'allée. Il déplaça le poids de son père et sortit les clés de sa poche. Il appuya sur le bouton de déverrouillage et elle entendit les serrures se débloquer. Elle ouvrit la porte et fit du surplace pendant que Hawk installait son père sur le siège arrière. Il lutta avec les sangles pendant un long moment avant de parvenir à l'attacher. Après l'avoir observé, elle courut de l'autre côté pour reproduire la manœuvre. En revenant, elle sauta sur le siège avant.

Hawk prit sa place derrière le volant et, après un rapide coup d'œil, fit démarrer le véhicule. Sa panique augmenta quand elle entendit le rugissement du moteur. Ils allaient être vus. Attrapés.

Ils devaient se dépêcher, mais Hawk avançait lentement, prudemment, pour sortir de sa cachette. Puis il descendit l'allée et tourna sur la route principale. Il s'arrêta.

— Allez, allez ! cria-t-elle. On est presque en sûreté.

Un énorme camion rugit et s'arrêta près d'eux. Les fenêtres étaient baissées, et elle comprit que c'était un ami de Hawk. Et bon Dieu, quel ami ! Il était énorme, remplissant la cabine et correspondant parfaitement à la taille du camion. Son visage était dur. Maigre. Et sacrément froid.

Un deuxième homme, plus petit, plus maigre, était assis dans l'ombre de l'autre côté. Elle ne pouvait pas distinguer ses traits.

La conversation fut brève et rapide. Puis Hawk se dépêcha de repartir. Elle se retourna pour voir si son ami suivait. Mais il tourna dans l'allée et en sortit.

— Tu ne les as pas prévenus ?

Hawk la regarda avec surprise.

— Prévenus de quoi ?

— Les tireurs ? La cache d'armes. Qu'ils ont fait du mal à mon père. Qu'ils ont essayé de me kidnapper.

Elle ne put s'empêcher de prononcer les derniers mots en hurlant.

— Oh ça. Ils sont au courant.

Silence.

— Alors pourquoi ils partent ? On a besoin d'aide !

— Chérie, dit-il en souriant, ce qui la déconcerta encore plus. Ils sont la meilleure aide que tu puisses trouver. Ils font partie de mon équipe.

Elle se rassit.

— Ce sont des SEAL ?

Il hocha la tête.

Elle déglutit.

— Mais…

— Ils savent sur quoi ils vont tomber. Je repartirai dès que j'aurai mis ton père en sécurité et t'aurai déposée au poste de police.

Sa bouche se ferma.

— Je reste à l'hôpital. Le shérif n'a qu'à y venir.

Elle sentit son regard, mais resta muette.

— Tu n'aimes pas le shérif ?

— Je ne le connais pas, dit-elle avec raideur. Mais ce n'est pas comme s'ils avaient quoi que ce soit à cirer de ce qui nous arrive.

— Peut-être qu'ils n'ont pas été là parce qu'il n'y avait aucune raison d'y être.

— C'est vrai.

— Qu'est-ce que tu ne me dis pas ?

— Rien de particulier. C'est juste que je ne l'aime pas.

Il hocha la tête et resta silencieux. Bien. Elle n'avait vraiment pas envie d'expliquer le point de vue de la ville entière sur les forces de l'ordre locales. Il avait raison de dire qu'il n'y avait pas besoin d'avoir les forces de l'ordre plus proches et, en fait, elle était sacrément contente qu'il n'y en ait pas, car elle aurait dû les voir plus souvent. Elle n'avait aucune idée de ce qui justifiait sa rancune. Enfin, peut-être qu'elle savait. De son père. Parce qu'il vendait des armes. Cela l'avait sûrement opposé aux autorités, longtemps auparavant, et cela n'avait jamais changé. Il n'aimait vraiment pas le shérif actuel. Il le traitait d'enfoiré prétentieux. Donc oui, elle avait sûrement été influencée par son père.

Elle se tordit sur son siège et jeta un coup d'œil à l'arrière pour vérifier qu'il allait bien. Sa respiration était faible. Rauque. Il n'avait pas l'air très bien. Elle tendit une main et caressa son bras. Sa peau était fraîche. Elle se mordit la lèvre, les larmes lui montant aux yeux. Il avait traversé tellement d'épreuves ces derniers temps ! C'était difficile de ne pas se demander s'il avait atteint le dernier obstacle.

L'hôpital était à une bonne demi-heure d'ici. Ils auraient pu appeler l'ambulance, mais elle savait que c'était souvent plus lent que d'y aller par ses propres moyens.

— Swede a appelé l'hôpital. Ils nous attendent.

Hawk s'engagea dans la voie de virage au feu rouge.

— Swede ?

— Celui qui conduisait le camion tout à l'heure.

— Oh. Il est suédois ?

— Non, il est norvégien.

— Ça n'a aucun sens.

Il rit.

— Son surnom vient d'une source complètement différente de son héritage.

Elle allait demander ce qu'il voulait dire, mais l'hôpital était juste devant. Il s'arrêta devant les portes des urgences. Elles s'ouvrirent et deux hommes avec une civière sortirent en trombe. Avant qu'elle n'ait eu le temps d'expliquer quoi que ce soit, son père fut chargé et transporté à l'intérieur.

— Il faut vraiment avoir de l'influence pour les faire bondir comme ça, marmonna-t-elle.

— Il s'agit juste de savoir quoi dire, dit-il avec naturel. Va t'occuper de la paperasse. J'y retourne.

— Tu y retournes ?

Il hocha la tête, le visage figé en un rictus sinistre.

— Je retourne à la maison de ton père. Nous devons capturer ces bâtards avant qu'ils ne fassent plus de dégâts.

Et sans un mot de plus, il partit.

IL N'Y AVAIT aucun signe du camion de Swede quand il s'arrêta dans l'allée de Gordon. Mais Hawk ne s'attendait pas vraiment à l'y voir. Son ami était trop intelligent pour ça.

Sans compter qu'il aimait ce camion. Il n'y avait aucun risque qu'il l'expose s'il pouvait l'éviter.

Shadow, son passager, ne pouvait pas mieux tomber. Hawk gara la Jeep au même endroit qu'auparavant et sortit. Après quelques secondes, il entendit quelqu'un l'appeler. Il y répondit discrètement de son côté. Les hommes convergèrent vers lui.

— Aucun signe du camion.

— Il manquait une plaque quand je l'ai vu, mentionna Hawk.

— S'ils sont malins, ils en auront mis une, depuis le temps. La plaque d'immatriculation du camion de Gordon a disparu. Les autorités la recherchent.

— Il ne reste rien ?

Swede secoua la tête.

— Rien dans la maison. Rien dans la remise. Une idée de l'endroit où les bombes étaient cachées ?

— Non. Dans une grotte. Quelque part. Et cet endroit en est truffé. La région est célèbre auprès des spéléologues du monde entier.

— Alors elles peuvent être n'importe où, dit Shadow à voix basse. Cette zone est cartographiée. Nous devrons trouver un plan et chercher l'option la plus probable.

Le téléphone portable de Hawk vibra dans sa poche. Mia. Il répondit à l'appel.

— Comment va ton père ?

— En vie, grâce à toi, répondit-elle doucement. Merci. Tes amis vont bien ?

Le regard de Hawk glissa sur les visages de Swede et de Shadow.

— Ils sont tous les deux debout devant moi. Le camion était parti quand ils sont arrivés, donc les tireurs se sont éclipsés pendant qu'on était en route.

— Mince.

— On va les trouver. Les autorités ont été prévenues.

— Je sais. Écoute. Ce n'est sûrement rien, mais je faisais de la spéléologie ce matin et j'ai cru voir quelque chose. Sur le moment, je n'ai pas jugé cela important, et j'étais avec un groupe de six personnes donc je n'y ai pas beaucoup pensé avant d'entendre les tireurs parler de la cache manquante.

— Entendu, mais quel est le rapport avec la grotte et ce que tu as vu ?

— J'ai vu une douille de balle, dit-elle. Je l'ai même ramassée. Je n'ai jamais rien dit parce qu'on devait partir.

— Quel genre de balle ? demanda-t-il, la voix dure.

— Je ne suis pas sûre, dit-elle en s'excusant. Je pense que ça venait d'un fusil.

— C'est un fusil militaire ?

Le regard de Hawk se fixa sur Swede. Ses deux amis s'étaient figés tandis qu'il écoutait Mia.

— Ils savent que tu l'as trouvé ?

— Je ne pense pas. À moins qu'ils n'aient été en train de m'observer.

Sa voix s'éleva dans les aigus.

— Ils ne pouvaient pas être dans la grotte en train de me surveiller, n'est-ce pas ?

— J'en doute. Ils t'auraient sûrement tiré dessus si c'était le cas.

— Mais on était six, lui rappela-t-elle. Qu'une personne disparaisse, c'est une chose. Six, c'est une autre histoire.

Il y réfléchit.

— T'ont-ils posé des questions sur les armes à feu pendant qu'il te tenait ?

— Pas vraiment. Le premier m'a bien fouillé, mais pas

de manière très approfondie. J'avais la balle dans la poche de mon jean avec mon téléphone portable et il ne l'a pas pris non plus.

— C'est étrange.

C'est une des premières choses qu'il lui aurait retirées.

— C'est comme ça qu'Eva a entendu la conversation, tu te souviens ?

— Oui, je m'en souviens. On va voir si on peut trouver cette cache d'armes dont les hommes parlaient. Surtout s'ils comptent livrer aujourd'hui.

— Laisse-moi venir.

— Non, répondit-il du tac au tac. Il n'en est pas question. Tu restes avec ton père.

— Je connais le réseau des grottes. S'il y a quelque chose à trouver, je peux aider à le trouver. Je suis entraînée aux missions de recherche et de sauvetage pour les spéléologues d'ici. Cet endroit est un vrai labyrinthe.

— Toujours pas, répondit-il. Tu étais en danger, maintenant tu es en sécurité.

— Mais vous ne le serez pas si vous y allez seuls.

L'humour teintait sa voix lorsqu'il répondit :

— Je suis presque sûr qu'on trouvera notre chemin.

Un silence frustré envahit la ligne.

— Et si je dois venir vous sauver ?

Il rit.

— Ça n'arrivera pas.

— Mais je peux vous montrer où j'ai trouvé la balle. Ça vous fera gagner du temps et vous saurez par où commencer.

Il fronça les sourcils.

— Ou alors tu peux me dire où tu l'as trouvée.

— Difficilement.

— Tu pourrais.

— D'accord.

Elle commença à énumérer les grottes qu'elle avait traversées pour indiquer où elle avait trouvé la balle. Du moins approximativement.

— Voilà, est-ce que ça aide ?

Il fronça les sourcils, se concentrant.

— Tu pourrais le marquer sur la carte.

— Je pourrais, mais alors il faudrait que tu reviennes ici pour repartir.

— Je suis sûr que tu peux la scanner et l'envoyer par e-mail.

— Bon sang, pourquoi tu ne me laisses pas venir ?

— C'est trop dangereux.

Hawk éloigna le téléphone de son oreille alors qu'elle laissait échapper un cri de frustration.

— Si c'est dangereux pour moi, comment ne le serait-ce pas pour vous ?

— C'est peut-être dangereux pour nous, mais on a l'habitude.

Silence.

— Tu penses vraiment que faire de la recherche et du sauvetage n'est pas dangereux ?

— Tu n'es pas régulièrement confrontée à des armes à feu, nous si.

— Je manipule des armes depuis que je suis en âge d'en porter une.

— Mais tu t'es quand même fait capturer, lui rappela-t-il. On ne peut pas se permettre de s'occuper de toi.

Cette remarque lui valut un juron. Il grimaça. Elle était trop drôle à embêter, mais il devait y aller.

— Envoie-moi une carte du réseau de grottes et donne-nous une idée d'où commencer.

Et il éteignit le téléphone.

— C'était qui ? demanda Shadow.

— Mia. C'est la meilleure amie d'Eva et la fille de Gordon.

— La petite Mia ? demanda Swede avec étonnement. Elle fait de la recherche et du sauvetage ?

Hawk acquiesce.

— Et elle n'est plus si petite maintenant.

— C'était quoi cette histoire de balle ?

Il expliqua aux hommes.

— Il nous faut une carte des souterrains, puis nous pourrons nous mettre en route et jeter un coup d'œil.

Swede regarda le ciel.

— Et le plus tôt sera le mieux. Le temps est en train de changer. On doit s'équiper si on va sous terre.

— En partant d'où ?

Hawk alluma son téléphone.

— Mia, on a besoin de matériel.

— Et ?

— Il y en a chez ton père ? Je ne veux pas me servir sans te demander, dit-il maladroitement.

— Tu lui as sauvé la vie, je ne pense pas que ça le dérangera si tu empruntes des trucs à la maison ou au magasin pour aller sauver le monde, dit-elle avant de raccrocher.

Il n'arrivait pas à déterminer la nature des sons qu'il avait entendus en arrière-plan pendant qu'elle parlait au téléphone. Il informa les autres et se dirigea vers le hangar.

— On va d'abord vérifier ici.

— On l'a déjà fait. Il n'y a pas grand-chose à part les surplus du magasin.

— Il reste des armes ou des munitions ?

Ils secouèrent la tête.

— Je ne sais pas ce qu'il y avait ici au départ, mais ça a été plutôt bien vidé.

Hawk jeta un rapide coup d'œil autour de lui. Il hocha la tête et se tourna vers la maison.

— On peut passer par le magasin si on a besoin de plus.

— J'espère qu'il a les lampes frontales. Un passage en ville pour acheter du matériel nous ralentirait.

Passer par la maison de Gordon ne donna pas grand-chose. Quelques bouteilles d'eau, mais c'est tout.

— Il n'aime pas les grottes, apparemment.

— C'est un fou de chasse.

Shadow acquiesça.

— Nous devons vérifier le magasin.

Un bruit strident de freins qui grincent les envoya tous se mettre à l'abri au pas de course.

Un vieux camion délabré s'arrêta dans l'allée et s'approcha de la maison. Ce fut Mia qui en descendit.

— Merci Cory.

Elle fit signe vers le camion.

— Ça va aller maintenant.

Le conducteur la salua d'un geste et recula dans l'allée en faisant crier sa boîte de vitesse.

Elle se retourna pour leur faire face. Et releva le menton d'un cran.

CHAPITRE 8

— J'AI APPELÉ les frères Bangor. Ils vont nous déposer quelques jeux de harnais, s'empressa-t-elle de dire avant que Hawk ne puisse l'interrompre et l'enguirlander.

Son regard passa d'un homme à l'autre.

— Si on part maintenant, on aura quelques heures de jour. Dans les grottes, l'heure n'aura pas d'importance puisque, de toute façon, l'obscurité règne. On ne sera pas gênés par le manque de lumière du jour.

Elle s'avança et tendit la main.

— Tu dois être Swede.

Swede lui serra la main et hocha la tête.

La main toujours tendue, elle se dirigea vers Shadow.

— Je suis Mia. Merci pour ton aide.

Shadow, toujours aussi silencieux, s'avança et dit d'une voix douce :

— C'est un plaisir. Je suis désolé pour ton père. C'est un brave homme.

Et c'est là qu'elle réalisa que ces hommes avaient rencontré son père. Pas seulement Hawk, mais les autres aussi.

— C'est un brave homme, chuchota-t-elle. Il ne méritait pas ça.

— Et ton oncle ? demanda Shadow. Que peux-tu nous dire sur lui ?

Elle haussa les épaules.

— Pas grand-chose. Lui et mon père s'étaient éloignés depuis plus de trente ans. Puis, tout d'un coup, il s'est pointé et a voulu faire la paix. Papa n'a pas hésité un instant. Il lui a ouvert sa porte et l'a laissé revenir chez lui et dans sa vie.

Shadow hocha la tête.

— Que faisait ton oncle comme boulot ?

— Apparemment, il était au bout du rouleau quand il s'est présenté chez papa. C'est en partie pour ça qu'il a été accueilli, je pense. Papa a toujours été un tendre.

— Et puis il a commencé à travailler au magasin ? demanda Shadow.

Elle hocha la tête.

— Ça m'a donné plus de temps, car j'aidais beaucoup plus depuis l'accident.

D'une voix calme, Hawk dit :

— Comment l'accident est-il arrivé ?

— Il conduisait sur l'autoroute et un idiot l'a fait sortir de la route.

Les trois hommes échangèrent un regard. Elle fronça les sourcils.

— À quoi vous pensez ?

— Que c'était un peu trop opportun, suggéra Swede.

— C'est-à-dire ?

— Ton père fait une sortie de route, il est blessé, un frère perdu depuis longtemps se présente et a besoin de travail, et avant que tu ne t'en rendes compte, une cache d'armes est trouvée et l'enfer se déchaîne.

Elle comprit d'un coup.

— Vous pensez que Gerry aidait avec les bombes ?

— C'était son genre ? demanda Hawk avec curiosité. Tu n'as rien dit de ce qu'il aimait. Ou pas. Comment t'es-tu sentie quand il est arrivé ?

— J'étais heureuse pour papa. Mais…

Elle s'arrêta, ne voulant rien dire contre un mort.

— Mais quoi ? lui demanda Swede.

— Mais… je ne l'aimais pas. Je n'aimais pas l'avarice que je devinais dans ses paroles de tous les jours ou dans ses regards qui jaugeaient constamment mon père, le magasin, la maison. Comme pour dire que, si quelque chose arrivait à papa, il serait heureux de prendre sa place. Mais il n'aurait jamais été à la hauteur.

Elle passa une main dans ses cheveux.

— Il n'était pas la moitié de l'homme qu'est papa.

Les autres hochèrent la tête.

— Alors pour le moment, nous supposerons qu'il a quelque chose à voir avec cette affaire, comme l'a laissé entendre le terroriste. Que sa mort est due à une dispute entre voleurs.

— Quelle idée !

— Tu as une meilleure hypothèse ?

La voix douce de Shadow cachait quelque chose d'entièrement différent. Un regard en coin confirma l'impression initiale de Mia. Cet homme gérait le danger comme un boulanger gérait la pâte à pain.

Et Swede. Le grand homme aurait pu se servir d'arbres entiers comme cure-dents et les casser en deux une fois qu'il avait terminé. Mais Hawk, il y avait quelque chose de si implacable dans son visage qu'elle se demandait s'il n'était pas le plus dangereux.

— Non, dit-elle d'une voix calme. Je n'ai pas la moindre idée de ce qui se passe.

Une voiture arriva alors qu'elle finissait de parler.

— C'est Paul.

Elle s'approcha et parla à son ami. Il sortit et déchargea

le matériel du coffre.

— Merci pour tout, Paul.

Il hocha la tête.

— Pas de problème. Rapporte-le quand tu auras fini.

Elle lui sourit en le remerciant tandis qu'il s'éloignait.

Une fois qu'il fut hors de vue, elle se tourna vers les autres.

— Prêts ?

Une petite demi-heure plus tard, elle les dirigeait vers la bifurcation qu'elle avait prise le matin même. L'ombre des grands arbres plongeait l'entrée dans l'obscurité. Mais elle était déjà souvent venue ici. Elle alluma sa lampe frontale et ouvrit la voie. Ils étaient prêts à tout, et comme ce matin, elle n'espérait rien d'autre qu'une belle randonnée. S'ils étaient chanceux.

Alors qu'ils marchaient, elle étudia les hommes et réalisa qu'ils se déplaçaient avec aisance, en excellente condition physique et avec un calme mortel. Comme Hawk, ils ne faisaient aucun bruit en marchant.

En revanche, elle se sentait comme un éléphant à chaque pas qu'elle faisait. Peu importent les efforts qu'elle déployait, les feuilles craquaient toujours sous ses pieds.

— Tu fais trop d'efforts. Au lieu de juste marcher sur le sol, dit Hawk, interprétant correctement sa frustration, fonds-toi en lui et fais un avec lui.

Elle s'arrêta et considéra l'idée, puis ferma les yeux et recommença à marcher. Ses pas étaient plus doux. Plus en harmonie. Bien. Mieux, en tout cas.

Ils entrèrent dans la première grotte, et elle prit la tête pour les guider à travers le réseau de cavernes qu'elle avait parcouru le matin. Elle les conduisit à la grotte suivante, puis à une autre, et ainsi de suite. Quand ils arrivèrent au tunnel et qu'elle dut se tortiller sur le ventre, elle était rassurée sur les compétences de ses compagnons. Ils relevèrent ce défi comme tous les autres. Bien que Swede ait trouvé cette partie du parcours un peu étroite.

— La prochaine section est serrée, prévint-elle. Alors rentre tes tripes.

Et elle s'enfonça dans l'étroit passage. Une fois qu'elle eut réussi à le franchir, la terre lui dégringolant sur le visage et le cou et en crachant autant de poussière que possible, elle se redressa dans la dernière caverne – celle où elle avait trouvé la balle – et attrapa sa bouteille d'eau. Elle était encore en train de boire quand les autres arrivèrent en rampant derrière elle.

Swede était couvert de poussière. En fait, en le regardant sortir, elle réalisa qu'il avait dû élargir le tunnel avec ses satanées épaules. Shadow arriva derrière lui avec l'air d'avoir eu un parcours facile. Et il l'avait sûrement eu.

— Alors, Swede, tu as assez élargi le passage pour que je puisse le passer en marchant au retour ?

Le grand homme, maintenant couvert de sable, cracha et lâcha un petit rire.

— Tu aurais dû me laisser mener. Je t'aurais facilité la tâche cette fois-ci aussi.

Elle rit et fit un geste vers le côté le plus éloigné.

— C'est dans cette grotte que j'ai trouvé la balle.

— Où ? demanda Hawk, très professionnel.

Depuis qu'il s'était relevé, son regard n'avait cessé d'évaluer la distance, les murs, le type de saleté sur les murs, la hauteur du plafond, etc. Une conscience qu'elle n'avait jamais vue auparavant.

Incroyable.

Elle se secoua et marcha vers l'endroit où elle avait vu le

petit objet. C'était de l'autre côté. Elle se pencha et pointa du doigt l'endroit où il se trouvait.

Hawk étudia le sol, puis frappa la zone avec sa botte. Il y eut un petit bruit métallique. Il se baissa et passa ses doigts dans la terre. Il en sortit deux autres douilles. Il se redressa et les fit rouler entre ses doigts. Il hocha la tête.

— Sûrement la même arme que celle qui a tué Gerry.

— Je suis surprise qu'ils l'aient tué au magasin, dit Mia. Pourquoi pas ici ?

— Pourquoi ici ?

Elle haussa les épaules.

— Je ne sais pas. Pour que personne ne le trouve.

— Combien de fois es-tu venue ici ces derniers jours ?

Elle fronça les sourcils.

— Deux fois.

— Et parmi tes autres connaissances, combien sont potentiellement venues ici ?

Elle grimaça.

— Bien vu. Il y en a peut-être eu une douzaine ou plus.

— Donc pas vraiment hors circuit. S'ils savaient que cette zone était cartographiée, ils savaient qu'on les trouverait sûrement, et bien plus tôt qu'ils ne le souhaitaient.

— Sûrement.

— En plus, on aurait cru ton père coupable.

Elle haleta.

— Je n'avais jamais pensé à ça.

Elle jeta un coup d'œil autour d'elle.

— Alors pourquoi ces douilles sont-elles ici ? Entraînement au tir ?

— Tout est possible, dit Swede en regardant le mur. Il pointa du doigt.

— Regardez.

Il y avait une série de cercles tracés à la craie sur la paroi de la grotte.

— Par ici.

Les autres se tournèrent vers Shadow qui se tenait à une vingtaine de mètres. Il désigna le sol.

En le rejoignant, elle jeta un coup d'œil par terre et remarqua une autre série de douilles.

— Fusil ?

— Automatique.

— Maintenant qu'on sait qu'on est au bon endroit, dispersez-vous et voyez ce que vous pouvez trouver d'autre.

— Ce n'est pas ici que la cache a été trouvée, protesta-t-elle.

— Non, peut-être pas, mais les hommes étaient ici.

— Alors ils ne sont pas venus par le même chemin que nous.

Elle en était certaine.

Les hommes s'arrêtèrent et la regardèrent.

— Pourquoi ?

— Parce qu'on ne peut pas transporter des armes ou du matériel pour fabriquer des bombes par ici. Et il n'y a pas d'accès facile pour les sortir.

Hawk haussa les sourcils.

— Bien. Des suggestions ?

— Oui. Je pense que la caverne suivante a une double entrée avec un point d'accès légèrement différent. On en a beaucoup parlé lors de mon dernier passage. Il faut marcher longtemps pour y accéder, mais d'après ce que j'ai compris, il y a maintenant des traces de camion jusqu'à l'entrée.

— On peut y aller d'ici ?

— Et si oui, pourquoi ne pas avoir pris ce chemin pour venir ?

— Parce que je ne sais pas comment le trouver de l'extérieur, répondit-elle avec exaspération. Cet endroit est truffé de tunnels différents.

— Mais tu sais comment y aller d'ici ? lui demanda Swede, surpris. Comment ça marche ?

— Je n'en suis pas sûre, je connais l'itinéraire général, mais ça semble faisable.

Elle contourna Shadow et désigna le sol devant un petit tunnel.

— Il y a eu un passage récent. Je ne me souviens pas avoir vu ces traces plus tôt dans la journée.

— Donc tu penses que quelqu'un est passé de l'autre côté aujourd'hui ?

— C'est possible. C'est aussi possible que je l'ai manqué. Je pensais plus à rentrer chez moi qu'à chercher des traces de pas.

Elle s'accroupit devant le tunnel.

— Il est en partie caché, et on s'est arrêtés avant d'entrer dans celui-ci ce matin, car on manquait de temps.

— Donc, si vous aviez eu assez de temps, vous seriez allés plus loin ? demanda Swede.

— Oh certainement, dit-elle en se levant.

— C'est une voie de passage appréciée ? Vous enregistrez vos voyages ?

Elle hocha la tête.

— J'y vais avec plusieurs membres du club local. On remplit toujours un itinéraire.

Il hocha la tête.

— Bien. Allons-y.

Il fit un signe de tête vers le tunnel.

— Tu veux mener ?

Elle sourit.

— Absolument.

Puis elle fit un pas en arrière.

— Mais c'est plus facile de passer derrière Swede.

Shadow rit.

— Elle t'a cerné.

En roulant des yeux, le grand homme se mit à genoux et rampa dans le tunnel. Il était assez grand pour s'y faufiler sans difficulté. Elle lui emboîta le pas.

Ce tunnel était plus long que les autres qu'elle avait parcourus.

Quand Swede s'arrêta, elle s'immobilisa net. Mais ils étaient toujours dans le tunnel. Elle attendit, mais il ne bougea pas. Elle attrapa son pied et le secoua. Il tendit une main en signe d'avertissement.

Et elle comprit. Quelqu'un était devant. Quelqu'un comme les tireurs. Elle se mit à genoux pour attendre.

La température dans le tunnel était étonnamment élevée. Il était frais au début, mais rempli comme il l'était maintenant de grands corps masculins générant une énorme quantité de chaleur, il surchauffait.

Elle avait mal partout à force d'être à genoux, recroquevillée. Elle se déplaça légèrement, puis se figea. Les sons traversèrent le tunnel comme un coup de feu.

Elle pouvait entendre des voix. S'approchaient-ils ? Mince. Les autres hommes n'avaient pas bougé. Seulement elle. Quelle idiote elle était.

Elle prit plusieurs grandes respirations à bouche ouverte. Essayant de calmer le sentiment de panique.

L'idée d'être coincée ici pour toujours… c'était suffisant pour faire paniquer n'importe qui. Pourquoi les hommes ne pouvaient pas avancer et attraper ces bâtards, elle ne savait pas. Alors qu'elle avait abandonné l'idée de rester silencieuse tant elle avait besoin de bouger, Swede se précipita vers l'avant et disparut soudainement.

Hawk était derrière elle. Il la poussa durement et elle se contorsionna pour s'écarter du chemin. À la sortie, elle se glissa sur la gauche pendant que ses yeux s'adaptaient au changement de lumière.

Les deux autres hommes franchirent l'entrée en trombe et coururent après Swede. Elle ne comprenait pas où il était parti, mais il n'était pas devant elle. Son regard fouilla la pénombre. Y était-il ?

Et sinon, où était-il ? Et les autres ? Avaient-ils couru en territoire inconnu comme ça ? Étaient-ils fous ? Ils avaient beau être des SEAL, ils n'étaient pas complètement infaillibles. Certainement pas.

Elle se servit du mur pour se redresser tout en essayant d'ajuster son regard au faible éclairage. Et elle fut surprise. La pièce entière était vide. Elle courut jusqu'à l'autre côté où le prochain tunnel s'ouvrait. Là non plus, il n'y avait personne, aussi loin qu'elle pouvait voir. Mais c'était la seule sortie, ils avaient dû descendre par là. Zut. Elle aurait aimé allumer sa lampe frontale pour pouvoir voir, mais ne voulait pas attirer l'attention sur elle.

La chose la plus sûre qu'elle pouvait faire était de rester blottie contre le mur, hors de vue et hors du chemin.

Sauf que... combien de temps était-elle censée rester ici dans l'obscurité.

— Voyons, voyons, qu'est-ce qu'on a ici ?

Elle tourna sur elle-même et une main se referma sur sa tête, un tissu se posa sur sa bouche. Elle se débattit, mais sa tête se mit à tourner et son esprit s'embruma. Son corps s'effondra, mais ne toucha jamais le sol.

— Mia ?

Hawk fit le tour de la grande pièce. Il l'avait laissée dans le tunnel. Où était-elle maintenant ? Swede et Shadow suivaient la trace des marchandises jusqu'à la sortie. Il était revenu la chercher. Où était-elle, bon sang ?

— Mia ? cria-t-il plus fort.

Aucune réponse. Il revint à l'ouverture du tunnel et se figea. Il leva son nez et renifla l'air plus fort. Du chloroforme.

Bon sang.

Il alluma sa lumière et regarda par terre. Des traces de pas là où elle se tenait, son poids, son dos appuyé contre le mur, ses talons enfoncés dans la terre. Puis des marques d'éraflures alors qu'elle se débattait.

Ses talons avaient laissé des traces le long du tunnel alors qu'on la traînait en arrière. Pendant combien de temps ? Il courut derrière les traces. Elle n'avait pas pu être emmenée loin. Il n'y avait pas eu le temps. Moins de dix minutes.

Il courait avec aisance, suivant la piste.

Et il arriva à la grande caverne. Il se glissa dedans, contre le mur le plus proche. Pas un bruit dans l'obscurité. Pas de mouvement. Et il n'y avait pas d'ombres suspectes qui n'auraient pas été là plus tôt. Aucun signe d'elle.

Il courut vers le petit tunnel. Ce serait beaucoup plus difficile de la ramener jusqu'ici. Mais il y avait des preuves que c'était bien ce qui s'était passé. Quelqu'un était en train de la traîner par là. Sûrement les bras au-dessus de sa tête. Pas le plus facile à faire. Il fallait qu'il soit fort. Mais en même temps, Mia était mince. Grande et maigre, mais légère.

Quelqu'un d'habitué à un tel effort physique n'aurait pas de problème à la porter.

Il plongea dans le tunnel et se fraya un chemin jusqu'à

l'autre côté. Toujours aucun signe d'elle. Dans le fond, il y avait un étrange bruit de raclage. Il accéléra. Plus il se rapprochait, plus le bruit de quelqu'un qu'on traîne devenait fort. Il l'avait trouvée. Il devait la sauver avant qu'elle ne soit tirée à l'extérieur. S'ils la mettaient dans un véhicule, ce serait encore plus difficile de la sauver.

Et ça n'allait pas arriver.

Elle était trop douce. Trop attirante. Et bon sang, ce n'est pas comme s'il était intéressé…

Sacrément intéressé.

Mais il devait d'abord la sauver.

Les bruits de frottement s'arrêtèrent.

Il se figea. Des voix devant. Mince.

CHAPITRE 9

ELLE AVAIT MAL à la tête et son sang battait si fort qu'elle n'entendait rien d'autre que le pouls qui grondait dans ses veines. Elle gémit. Puis des voix se frayèrent un chemin dans son esprit embrumé.

— Pourquoi est-elle réveillée, nom de Dieu ? grogna un homme. Je lui en ai donné assez pour assommer un foutu cheval.

— Quoi ?

— Ferme-la.

Un léger son, étrange, atteignit sa conscience. Qu'est-ce que c'était ? C'était un faible bourdonnement, comme le long de sa peau. Un son qui lui faisait mal au plus profond d'elle-même et qui grinçait dans ses oreilles. C'était comme un bruit de frottement. Et ça ne s'arrêtait pas.

Mais qu'est-ce que c'était ? Elle essaya de se retourner. En vain. Elle réessaya. Et les bruits empirèrent, déclenchant dans son esprit une poignante sensation de douleur. Pourquoi n'arrivait-elle pas à comprendre le bruit dans sa tête ? Et qu'est-ce qu'il fallait faire pour que ça s'arrête. Elle bougea les bras. Et cria.

— Mince.

Quelqu'un lui parlait ? Elle se retourna pour demander :

— Qui est là ?

Mais elle n'émit qu'un faible gémissement.

Et bien sûr, il n'y eut pas de réponse.

Elle essaya de bouger les bras à nouveau, et à nouveau, la douleur la transperça. Gémissant, elle se retourna et la poussière envahit immédiatement sa bouche, ce qui la fit tousser. Elle cracha et lutta pour se redresser. On tira sur ses bras avec force.

Elle cria alors que son corps était tiré en arrière.

Et elle réalisa qu'elle était traînée. Elle entendait son corps racler le sol.

Elle essaya de se dégager.

— Tu ne vas pas t'échapper.

Il donna un coup sec et elle vola vers lui.

— Arrête de te débattre, tu ne vas nulle part.

— Et elle n'ira pas avec toi, répondit une voix étrange.

Un homme lui sauta dessus et ses bras se libérèrent soudainement. Elle gémit alors qu'ils tombaient sur son côté. La douleur était atroce. Elle s'efforça de dénouer les cordes.

Sonnée, elle se leva et vit Hawk dans un combat acharné contre un étranger devant elle. S'appuyant d'une main contre le mur, elle réussit à se relever. Elle tremblait tellement qu'il lui était difficile de rester sur ses pieds une fois debout.

Elle haletait, essayant de reprendre ses esprits. Et soudain, Hawk fut à ses côtés. Elle essaya de voir derrière lui, mais il lui bloqua la vue.

— Ne bouge pas. Je ne sais pas ce qui s'est passé, mais je pense qu'on t'a donné quelque chose pour t'anesthésier.

Indignée, elle essaya de faire un pas, mais tituba. Il s'accrocha à elle et la serra contre lui.

— Calme-toi.

— J'essaie. Tu l'as tué ?

Elle jeta un coup d'œil par-dessus son épaule, mais ne put voir l'homme.

— Non, je l'ai juste assommé.

Son souffle était chaud contre son front.

— Je ne pense pas que tu aies fait un très bon travail alors. Il est parti.

Hawk se retourna. Et elle avait une vue claire confirmant la fuite de l'homme.

— Mince.

Hawk regarda fixement dans l'obscurité où l'homme avait disparu.

Elle essaya de le repousser.

— Va le chercher. Je vais m'en sortir.

Son grognement était tout sauf agréable.

— Je t'ai laissée seule la dernière fois et regarde ce que ça a donné.

— Ce n'était pas ta faute. Je me cachais dans le noir. J'aurais dû être en sécurité.

— Mais tu ne l'étais pas. On suivait le groupe devant nous, mais on a manqué quelqu'un qui se cachait dans l'ombre. Shadow sera furieux quand il le saura.

— Pourquoi ?

— Il a sa fierté.

— Des ombres ou des hommes cachés dans l'ombre ?

— Les deux.

Elle essaya de reculer et de tenir sur ses deux pieds, mais elle n'y parvint pas. Elle s'affala de nouveau contre lui, appréciant la force qui la retenait si facilement. C'était un vrai homme. Et bien sûr, cela faisait de lui un homme à femmes.

— Tu n'es pas près de pouvoir marcher correctement.

Un étrange cri d'oiseau siffla dans la caverne.

— C'est Swede, dit-il.

— Un cri d'oiseau ? Un peu mélodramatique, non ?

— Efficace. On envoie différents messages dans les deux sens, en utilisant des cris. Chacun signifie quelque chose de particulier.

— Cool.

Elle se redressa et réussit à regarder autour d'elle.

— Ça veut dire que tes amis vont revenir maintenant ?

— Oui.

Les hommes firent irruption dans la caverne.

— Mia, tu vas bien ? demanda Swede en s'approchant d'elle.

Elle acquiesça.

— Je vais bien maintenant, grâce à Hawk.

Hawk expliqua ce qui s'était passé.

— Tu crois qu'il est en fuite ou qu'il nous attend là-haut ? demanda Mia à voix basse alors que les hommes se dispersaient, les laissant tous les deux derrière avec Swede.

— Il est en fuite. Ils sont en retard pour un rendez-vous. On les a perdus dans l'autre tunnel, mais on sait où ils vont. Et apparemment, ce n'est pas un monument américain qu'ils recherchent, mais plutôt un pont. Le Golden Gate Bridge.

Un épais silence flotta dans l'air tandis que tous imaginaient l'explosion du pont.

— Mon Dieu, murmura-t-elle, en s'affaissant plus lourdement contre Hawk. Il faut qu'on les poursuive.

— Shadow s'en occupe. On retourne au véhicule et on les suit.

Elle secoua la tête.

— On va les perdre. Allons-y.

Et elle essaya d'avancer, mais tomba sur les genoux.

Swede poussa une exclamation étouffée et la prit dans ses bras.

— Shadow va essayer de faire du stop devant nous.

Hawk ouvrit la voie vers le véhicule.

— Vous auriez dû me laisser derrière vous, dit Mia. Vous auriez pu l'attraper.

Ils atteignirent l'entrée de la grotte à temps pour entendre un véhicule se rapprocher.

— Bon sang, il s'enfuit ! cria Mia.

Seulement, le véhicule s'approchait d'eux, il ne s'éloignait pas.

— Ou bien ses complices vont venir le chercher.

Hawk se fondit dans les buissons. Swede se plaça dans les arbustes, mettant Mia à l'abri, et observa. Elle lutta pour se lever, mais Swede ne la laissa pas faire. Comprenant que la contestation était inutile, elle finit par se détendre.

Des coups de feu crépitèrent dans l'air. Le moteur de la voiture s'emballa, puis le son changea, comme si le véhicule faisait marche arrière. Et on tira. Il disparut au loin, les sons s'estompant rapidement.

Swede fit un pas en arrière sur la route et avança rapidement. Ils tournèrent dans le virage devant eux et Mia sursauta.

Hawk était accroupi à côté d'un corps étendu sur la route.

Il se redressa à leur approche.

— C'est l'homme qui a attaqué Mia.

Swede la posa par terre et, avec l'aide de Hawk, elle s'approcha pour se tenir au-dessus de l'homme. Maintenant qu'elle était dans la lumière naturelle du soleil, elle pouvait voir ses traits.

— Il était chez papa.

— En effet.

— C'est lui qui voulait me garder. L'autre type l'appelait Stan.

Les deux hommes la dévisagèrent. Elle fronça les sourcils.

— Je vous l'ai dit, n'est-ce pas ? Ou peut-être que vous l'avez entendu.

Elle secoua la tête en essayant de s'éclaircir les idées.

— L'un voulait m'emmener pour se réchauffer la nuit, mais l'autre homme a dit qu'il n'avait aucune tolérance pour le viol. Et ce type…

Elle fit un geste vers l'homme mort.

— A dit qu'il me rendrait consentante.

Les froncements de sourcils unanimes s'accentuèrent.

— Tu n'avais pas mentionné cette partie.

— Oh, soupira-t-elle. Ça n'a plus d'importance maintenant.

— Si, ça explique pourquoi tu n'as pas pris de balle quand il t'a vue.

Son visage s'illumina.

— C'est vrai.

— Allons-y, dit Hawk en faisant signe en direction des véhicules. Tu dois être examinée et on doit le déplacer.

— Vous allez chercher les hommes ?

Ils lui adressèrent juste un regard incrédule. Bien sûr qu'ils allaient les chercher.

HAWK SE DIRIGEA vers le lit de Gordon. Et trouva le vieil homme réveillé. Bien.

— Bon sang, ça fait du bien de te voir. Et ça tombe bien…

Gordon réussit à se redresser.

— Je te dois la vie.

— Tu ne me dois rien, mais j'aurais bien besoin de détails. Qu'est-ce qui se passe, bon sang ?

Avec un geste maladroit, Gordon dit :

— Je ne connais pas toute l'histoire, mais j'ai une idée.

Il leva un regard honteux vers Hawk.

— Mon frère est impliqué.

— *Était* impliqué.

Hawk n'allait pas laisser place à de fausses interprétations. Il continua d'un ton dur et froid :

— Il a été tué d'une balle dans la tête.

Gordon hocha la tête.

— Je sais. Et… je suis désolé, mais maintenant que je sais ce que je sais, je ne suis pas surpris.

— Dis-moi.

Hawk resta debout à attendre. Ce qu'il venait d'entendre annonçait des précisions sur ce dont Mia lui avait déjà part.

— Alors Gerry est revenu expressément pour mettre en place ce plan ? Pour récupérer les armes et, quand les flics l'ont trouvée, il a parlé de ton stock à ses acolytes ?

— Je pense que oui. Les hommes qui m'ont tabassé ont bien ri de leur piège. Mais ils se sont aussi bien marrés en tuant mon frère.

— Une idée de leurs plans ? demanda Gordon.

— Le Golden Gate Bridge. Une sorte d'attaque par l'eau.

Gordon s'adossa à la tête de lit et ferma les yeux.

— Mia va bien ?

— Oui, elle est ici à l'hôpital, mais rien de grave.

— L'armée est venue me voir, dit Gordon. Je leur ai tout dit.

— Et le shérif, il est venu ?

Son grognement fut très explicite.

— Je ne l'ai pas vu, mais apparemment il était là. Mais il n'a pas pris la peine de me parler.

— Peut-être que tu n'étais pas encore réveillé ?

— Si. J'ai entendu de l'agitation dans le couloir. Il a fait le minimum de ce qu'il devait faire avant de partir. Plus qu'heureux de laisser ça entre les mains de quelqu'un d'autre. Les fédéraux vont peut-être s'en charger aussi, car ces types sont venus de trois États et vont se diriger vers la Californie pour l'attaque.

— C'est logique, dit Hawk d'un ton neutre. Qui a trouvé la cache ?

— Un homme du coin, un ancien militaire, dit Gordon. Quand ses gars l'ont trouvée, il a été fidèle à lui-même et a appelé ses potes. Maintenant, ce sera sûrement une opération conjointe.

— Moins le shérif.

Ils sourirent tous les deux à ce commentaire. Hawk regarda sa montre. Il était en retard. Il avait espéré voir Mia, mais il n'avait plus le temps.

CHAPITRE 10

— JE VAIS bien. Je veux juste rentrer à la maison, dit Mia au médecin avec sérieux. Je vous promets que je vais me reposer.

— Et comment allez-vous vous y rendre ? répondit-il, en écrivant quelque chose sur la tablette. Vous ne devez pas conduire.

Mia fronça les sourcils, essayant de s'éclaircir les idées.

— Je n'ai pas ma propre voiture ici, de toute façon.

— Si vous prenez un taxi ou qu'on vient vous chercher, alors très bien.

Son visage s'illumina.

— Merci.

Le médecin sortit de la pièce, la laissant remettre sa veste et ses chaussures. Elle avait quelques papiers à remplir avant d'être enfin libérée, mais elle avait hâte de rentrer chez elle. Mais d'abord, elle devait voir son père.

Elle entra dans la chambre de ce dernier alors que Hawk en sortait précipitamment. Elle se réjouit. Il n'était pas parti sans dire au revoir. C'est ce qu'elle avait pensé instinctive-ment. Après tout, elle n'avait rien à lui offrir. Surtout à lui. Et surtout en étant elle. Elle était loin d'être une bombe, et elle avait entendu parler de la vie de SEAL. De nombreuses sources. Assez pour savoir que c'était la vérité.

Elle avait eu des petits amis, mais pas en ribambelle. Elle préférait la qualité à la quantité. Et elle comprenait que

Hawk pouvait avoir les deux sous toutes les formes possibles.

Elle ne pourrait jamais rivaliser.

Et il était… eh bien, il était juste… beaucoup.

Elle était une idiote. Maintenant, si seulement elle pouvait s'en sortir avec élégance.

Elle soupira et lui fit un petit signe d'au revoir.

— Merci encore pour le sauvetage, dit-elle d'une voix honteuse lorsqu'il s'arrêta à côté d'elle. Normalement, c'est moi qui sauve les gens.

— Parfois, même les plus forts d'entre nous ont besoin d'un peu d'aide.

Il lui tapa sur l'épaule.

— Tu restes ici et tu te soignes. Je dois y aller.

Il s'éloigna à reculons avec un dernier avertissement :

— S'il te plaît, reste en dehors des problèmes.

Et il partit.

Et zut.

— Tu vas revenir ? cria-t-elle.

Puis elle grimaça. Tu parles de subtilité ! Où était passé le souhait d'un au revoir gracieux, la tête haute, avec de la classe ?

Il se tourna suffisamment pour la voir, mais sans s'arrêter.

— Pas avant un moment.

Son visage se décomposa. Son cœur se décrocha et son corps souffrit tout simplement.

Elle se retourna et vit son père réveillé. Fondant en larmes, elle se précipita pour le serrer dans ses bras.

— Je suis si heureuse que tu ailles bien ! dit-elle à travers ses sanglots.

— Je suis tellement heureux que toi et Hawk ayez été là pour m'aider.

— Tu veux dire Hawk. Il nous a sauvés tous les deux, admit-elle.

— Bien. Je suis content qu'il l'ait fait.

Son père se leva et se frotta la tempe.

— J'ai la tête qui tambourine. Il va falloir des jours avant que je me sente prêt à ouvrir le magasin.

— Tu vas quand même le faire ? demanda-t-elle doucement.

Il leva un sourcil.

— Pourquoi pas ?

— Eh bien, ton frère a été abattu dans le magasin, il a été saccagé, les armes ont été volées et ta cache à la maison a également été dévalisée.

Il haussa les épaules.

— Tout était assuré.

Elle hocha la tête, bien que peu rassurée par sa réponse.

— Je ne suis pas sûre d'aimer l'idée que tu vendes des armes à feu.

— Tu n'as jamais aimé ça.

Il pinça les lèvres et l'étudia.

— Nerveuse ? Ça ne te ressemble pas.

— Voir ces hommes…

Elle frissonna.

— Ça m'a fait réfléchir.

Il secoua la tête.

— Ce n'est pas les armes. C'est les gens…

— Les gens qui les utilisent, gémit-elle. Oui, je sais.

— Tu as de la chance, tu es libre de partir, dit-il. Que vas-tu faire maintenant ?

— Comme tu es bien et en sécurité ici, je vais rentrer chez moi. Le docteur est d'accord tant que je me repose.

Elle se leva et s'approcha pour le serrer à nouveau dans

. ses bras.

— Je t'aime, papa.

— Je t'aime aussi, Mia, répondit-il en souriant. Ce ne sera bientôt plus qu'un mauvais souvenir.

— Je l'espère.

Avec un petit signe de la main, elle se retourna et sortit. Son énergie diminuait. Elle avait besoin de prendre un taxi. Dehors, elle s'aperçut qu'il était tard. Comment se faisait-il qu'elle ne l'ait pas remarqué ? En regardant la nuit noire, elle réalisa qu'elle aurait sûrement dû rester chez son père. Mais c'était la peur qui parlait.

Il valait mieux rentrer à la maison et l'affronter. Devait-elle aller chez elle ou chez son père ? Non, elle n'allait pas y retourner avant un bon moment. Elle avait besoin de temps pour ne pas voir le corps de son père étalé par terre chaque fois qu'elle y allait.

À l'extérieur de l'hôpital, elle se tint devant les portes d'entrée et regarda le parking. Il y avait des taxis qui attendaient sur le trottoir de devant. Elle s'approcha de l'un d'eux, mais il démarra avant qu'elle ne l'atteigne.

Un camion se mit entre elle et le taxi suivant. Elle essaya de le contourner, mais un homme en sortit. Elle s'écarta de son chemin.

L'homme l'appela.

— Excusez-moi.

Elle se retourna et le regarda.

— Oui ?

— Je crois que c'est pour vous.

Il lui tendit un paquet.

Elle fronça les sourcils.

— De qui ?

— Un type dans une Jeep noire.

Son visage s'éclaira. Hawk.

— Oh, dit-elle avec espoir en tendant la main pour le prendre. Merci beaucoup pour…

Elle ne l'a pas vu venir, n'a pas senti l'air s'échapper de ses poumons. La douleur n'avait pas non plus atteint sa conscience rapidement. Au lieu de cela, c'était comme un film au ralenti alors qu'elle regardait son corps tomber dans ses bras. Elle savait que quelque chose n'allait pas, mais elle ne parvenait pas à faire le lien entre la prise bizarre sur son cou et l'engourdissement de ses jambes.

La voix de l'homme, inquiète et serviable, l'appela.

— Oh là, là. Est-ce que vous allez bien ? Laissez-moi vous aider à vous relever.

Elle fut propulsée sur la banquette arrière du camion où elle bascula vers l'avant dans l'espace pour les pieds. Sa tête heurta le coussin du siège et rebondit pour glisser sur le sol. Elle resta allongée, les yeux ouverts, son cerveau conscient, mais son esprit ne fonctionnant plus.

Le moteur du camion s'arrêta.

— Elle va bien ?

— Oui, pour l'instant. On doit découvrir à qui elle a parlé et nous occuper d'eux aussi. Mais pour le moment, tout est sous contrôle.

— On ne peut pas laisser de traces.

— Quelques jours, c'est tout ce dont on a besoin. Moins si les choses se passent comme prévu.

— On devrait juste la jeter dans la rivière. En finir avec ça.

— On doit d'abord découvrir ce qu'elle sait. À qui elle en a parlé. On ne peut pas laisser ça au hasard. Après, on la fera taire définitivement.

— On aurait dû le faire avant qu'elle puisse parler. Foutu Stan.

— Oui, il a toujours été du genre à se prendre un petit bonus. Mais on avait besoin de main-d'œuvre supplémentaire, et on l'avait déjà utilisé auparavant.

— Maintenant, on aura besoin de deux nouveaux hommes quand on sera sur les quais.

— Il y a beaucoup de travailleurs temporaires par ici. Des gens qui ne posent pas trop de questions.

— Bien.

Mia était allongée à l'arrière, les mots défilant dans son cerveau. Elle voulait les retenir, mais ils allaient et venaient. Ils avaient du sens puis n'en avaient plus. Avec le reste des événements de la journée, son cerveau voulait se déconnecter.

— Installe-toi, on a un bon trajet devant nous, lui dit l'étranger. Tu ne quitteras pas ce camion jusqu'à ce qu'on atteigne notre destination.

Ses yeux se fermèrent. Oh, non.

Tout ce qu'elle voulait, c'était rentrer chez elle et se reposer. Au lieu de cela, elle se retrouvait dans le pétrin. Et elle n'avait aucun moyen d'appeler à l'aide.

HAWK SE RÉVEILLA de sa sieste au bout de dix minutes. Parfait. Avec Shadow au volant, ils étaient dans les temps et il était prêt à démarrer.

— Content d'entendre que Gordon va bien, dit Shadow en conduisant la Jeep de Hawk sur l'autoroute derrière le camion de Swede. Il a pris un sacré coup sur la tête.

— Moi aussi.

Hawk sortit son téléphone et vérifia ses messages.

—Zut. Il y a plusieurs appels manqués de sa part.

Il appela rapidement Gordon.

— Hé, désolé d'avoir manqué tes appels. Est-ce que tout va bien ?

— Non. Je n'ai aucune nouvelle de Mia. Elle est partie juste après toi pour rentrer à la maison car le médecin lui a donné le feu vert, mais elle ne répond pas au téléphone et j'ai demandé à un ami de vérifier chez moi et chez elle et il n'y a aucun signe d'elle. Je l'appelle non-stop, mais sans réponse.

— Quoi ? Pourquoi est-elle partie ?

Il se passa les doigts dans les cheveux en signe de frustration.

— Peut-être qu'elle est allée chez ma sœur.

— Non, Eva la cherche. La dernière fois qu'on l'a vue, c'était ici, devant l'hôpital. Un chauffeur de taxi pensait qu'elle venait vers lui pour une course, mais un camion s'est arrêté et un type en est sorti. Il a dit qu'elle semblait sourire et lui parler, alors il l'a ignorée. Quand il a levé les yeux, le camion et Mia avaient disparu.

Gordon continua d'une voix plus grave.

— Bon sang, Hawk. Quelle est la probabilité que ces gars aient décidé qu'ils ne pouvaient pas se permettre d'avoir une corde sensible ?

— Mais ils ont une corde sensible. Tu es en vie. Je suis en vie. Elle n'est qu'une parmi d'autres. C'est peut-être un de ses amis.

Le cœur de Hawk s'emballa alors que son esprit cherchait des explications plus raisonnables sans rien trouver.

— Bon sang.

— Je sais. Où est-ce que tu es ?

— À leurs trousses.

— Assure-toi de chercher ma petite fille en même temps. Il est fort probable qu'elle soit la prise à la fin de la journée.

Hawk regarda son téléphone. Il avait baissé le volume

quand ils essayaient d'échapper au tueur, et il avait oublié de le remettre. Il ne pouvait pas croire qu'il avait manqué les appels.

Cela lui aurait-il servi de le savoir plus tôt ? Peut-être pas, mais en même temps, il ne pouvait pas ne pas y penser. Il avait été à l'hôpital avec elle. Pourquoi n'avait-elle pas dit qu'elle rentrait chez elle ? Il lui avait dit de rester et de se soigner. Elle aurait pu dire quelque chose à ce moment-là. Mais il lui avait aussi dit de rester en dehors des problèmes. Pourquoi n'avait-il pas pris le temps de la ramener chez elle ?

Parce qu'il était après les terroristes et qu'elle était censée être en sécurité. Mais il aurait dû s'assurer que tel était bien le cas, plutôt que de supposer que oui parce qu'elle était à l'hôpital.

Et il était trop attiré par elle. Cela lui faisait perdre la tête. Elle était... quelque chose. Mais lui n'était pas ce que Gordon voudrait pour sa petite fille. En vérité, Hawk ne pouvait pas lui reprocher de penser ça.

Hawk n'avait pas mené le genre de vie que quiconque voudrait pour sa fille. Alors il était resté à l'écart. Elle ne semblait pas s'intéresser autrement que comme au frère de sa meilleure amie, mais là encore, il ne lui avait pas donné d'ouverture. Elle était forte et endurante et il aimait ça. C'était des qualités qu'il avait vues dans son équipe, mais qu'il n'avait jamais recherchées chez une femme. Alors ses relations étaient à l'opposé. Délibérément. Il n'était pas prêt à se caser. Elle était du genre « fille d'à côté ». Le genre de fille qui s'installe. Mia lui rappelait Tesla.

Enfin, pas tout à fait. Tesla était la copine de Mason. Elle avait le même cran que Mia. Il se souvenait de la façon dont Mia les avait emmenés dans la grotte et leur avait montré ce qu'elle avait trouvé. Elle avait contribué à leur donner un point de départ. Maintenant, voilà ce qui lui est arrivé – encore une fois.

Il l'avait trouvée et sauvée deux fois, mais une troisième… Zut. Il ne pouvait pas laisser ces ordures lui faire du mal. Il appela Swede et lui donna rapidement les nouvelles.

— A-t-il donné une description du camion ?

— Un gros Ford noir.

— Hmmm. Comme surélevé ?

— Aucune confirmation là-dessus, dit Hawk. Je vais le rappeler et voir si on ne peut pas obtenir quelques détails supplémentaires.

Il raccrocha au nez de son ami et rappela Gordon.

— Sais-tu s'il y avait un homme dans le camion ou deux ? C'était un camion surélevé ou juste un gros camion ? Avait-il un toit ou autre chose pour l'identifier ?

— Aucune idée, mais je connais le chauffeur de taxi. Je te rappelle.

Hawk s'assit dans la Jeep et attendit. Il repensa aux petites choses que Mia avait faites pour son père. Se précipiter pour le sauver au lieu de s'enfuir. Refuser de partir sans lui de l'entrepôt. S'assurer que Hawk acceptait de porter le poids supplémentaire. Tout ce qu'elle avait fait, elle l'avait fait en pensant à quelqu'un d'autre. Même à l'hôpital, elle avait voulu partir. Elle avait dit qu'elle n'était pas blessée et que le lit était nécessaire pour de vrais patients. Elle avait fait d'autres choses du genre depuis qu'il l'avait rencontrée.

Admirable. Ça l'avait rendue inoubliable.

Gordon rappela.

— Super cab, surélevé, sans capote et quatre roues motrices. Il y avait une lumière plus faible dans le phare gauche. Comme s'ils avaient perdu une ampoule et avaient dû utiliser ce qu'ils avaient pu trouver.

— Bon à savoir. La plaque d'immatriculation ?

— Recouverte de boue. En fait, une grande partie du camion était plutôt boueuse.

— Et le type n'a rien fait de suspect ?

— Non, il a juste appelé Mia.

— On suppose qu'elle connaissait le conducteur ?

— Ou il avait une ruse pour attirer son attention sans la rendre méfiante, dit Gordon sur un ton inquiet. Elle était vraiment fatiguée et n'avait pas les idées claires.

— Mince. O.K. Je te tiens au courant si nous trouvons quelque chose.

Il mit fin à l'appel et regarda le pare-brise d'un air absent. Son esprit cherchait des réponses.

— Rien ? demanda Shadow.

— Un peu. Mais on doit trouver le camion.

— Bonne chance. Les camions dominent les routes, et le noir doit être la couleur la plus courante.

— Peut-être, mais la patrouille de l'autoroute doit être à l'affût.

— Alors qui tu appelles ? Le shérif ?

— Mason.

CHAPITRE 11

L E CAMION NE s'arrêtait jamais. Le roulement des roues l'endormait, puis la réveillait et la rendormait. Elle avait besoin d'aller aux toilettes, mais elle répétait à son corps d'oublier, ce genre de soulagement n'était pas près d'arriver. Ils devraient s'arrêter pour prendre de l'essence à un moment ou à un autre, à moins qu'ils aient un gros réservoir à l'arrière. De là où elle était, elle ne pouvait pas le savoir.

De l'avant vint un son étrange, puis des bruits de nourriture qu'on mange. Heureusement, on ne lui a rien offert. À la vitesse dont les roues parcouraient les kilomètres et dans sa position, elle aurait vomi tout ce qu'elle aurait essayé de manger. Même si un verre d'eau n'aurait pas été de refus.

Mais ça n'arriverait pas.

Elle resta silencieuse. *Hawk, si tu peux m'entendre, dis à papa que je l'aime.*

Elle ne savait pas pourquoi elle parlait à Hawk, mais pourquoi pas, puisque tout était imaginaire. Elle aurait pu tout aussi bien appeler son père. Mais à la place, elle avait choisi Hawk. Pourquoi ?

Parce qu'elle voulait le revoir. Elle voulait qu'il la prenne dans ses bras. Cette fois avec affection. Il l'avait troublée. Il lui faisait ressentir des choses qu'elle avait oublié avoir toujours espérées. Elle ne souhaitait pas vraiment d'une histoire à l'eau de rose, mais désirait plutôt avoir une personne spéciale pour elle. Savoir qu'elle faisait partie d'un couple spécial dans un monde de couples. Elle voulait se réveiller avec la même personne matin après matin et savoir qu'il serait là le lendemain matin aussi.

C'était peut-être idiot, vu son travail, mais elle préférait passer des années avec lui que des décennies sans lui. Et c'était juste stupide. Hawk ne savait même pas qu'elle existait. Et d'ailleurs, peu d'hommes le savaient.

Ce n'est pas le bon moment pour réfléchir à sa vie. Une vie convenable, mais pas une vie excitante ou faite d'événements ne serait-ce qu'à moitié intéressants.

Quel gâchis ! Bien sûr, elle s'était entraînée davantage pour son travail de recherche et de sauvetage, mais ce n'était rien comparé à ce qu'elle pouvait faire. Non, elle était restée dans une petite ville pour ne pas être poussée hors de sa zone de confort. Comment ça se passerait pour elle maintenant ? Elle pourrait faire tellement plus dans son domaine, mais elle avait résisté à l'idée de quitter Canford parce qu'elle y était en sécurité.

Seigneur, quelle idiote ! Hawk connaissait le monde, lui. Il n'allait pas vouloir avoir affaire à elle. Mia était une souris. Lui était un prédateur dans le bon sens du terme. Elle ferait bien de s'enfuir.

Sauf qu'elle aimerait bien qu'on lui saute dessus. L'analogie la fit sourire. Il était tellement plus que ce à quoi elle était habituée ! Elle aurait aimé se croire à la hauteur du défi. Elle aurait aussi aimé être désinvolte et avoir le contrôle en ce moment. Mais ça ne durerait plus bien longtemps.

C'est alors que ses larmes commencèrent à couler.

Elle essaya de les arrêter, mais son corps refusa d'obtempérer. Au lieu de cela, chacun de ses muscles hurlait d'être dans la même position depuis trop longtemps. Le stress, la douleur et la panique l'avaient rattrapée. Elle n'était pas prête à mettre ça sur le compte des médicaments, mais ils avaient eu un effet sur elle aussi. Elle était dans un sale état. Elle détestait ça.

Elle essaya de changer de position, mais elle ne pouvait pas bouger. Pourquoi ne pouvait-elle pas encore bouger ?

Elle n'avait rien perçu depuis longtemps, mais maintenant, pour une raison inconnue, son corps était en proie à mille sensations. Elle voulait qu'il redevienne insensible. C'était bizarre, mais plus confortable que la douleur qui se déchaînait maintenant.

Elle leva une main et réalisa avec stupeur qu'elle bougeait ! Pas assez et sans vraiment lui obéir, mais les effets se dissipaient.

Enfin.

— Comment ça va derrière ?

Elle ferma les yeux, laissant son bras retomber dans la position où il se trouvait alors que les sièges grinçaient sous l'effet d'un mouvement.

— Toujours pareil. Elle a froid.

— Elle devrait bientôt se réveiller. Tu l'as vraiment assommée ?

— À peine. Mais bon, si elle mourait, on pourrait la larguer. Ce serait tellement plus facile !

— Pas avant de savoir à qui elle en a parlé.

— Juste aux deux gars avec qui elle était.

— Peut-être, mais si c'est le cas, qui étaient-ils ? Personne ne s'en sort aussi facilement qu'ils l'ont fait. Il devait y avoir une certaine préparation. Et si c'est le cas, on doit le savoir.

— Pourquoi ? On sera entrés et sortis et le travail sera fait avant que personne ne s'en rende compte.

— Mais leur préparation signifie que ce sont sûrement des forces de l'ordre ou des militaires.

— Et alors ? Ils ont la cache d'armes, donc on sait que certains sont à nos trousses, déclara-t-il en haussant les épaules. Ça ne fait aucune différence qu'il y en ait un ou deux en plus.

— Mais s'ils nous voyaient ? Le meilleur moyen est d'entrer et de sortir, mais ça ne marche que si personne ne nous attend.

— En effet.

Elle entendit le bruit des sièges en vinyle alors que l'homme remuait à nouveau. Elle pouvait imaginer le mec effrayant se penchant sur elle pour regarder de plus près. Heureusement, ses cheveux étaient tombés sur son visage, donc il ne devait pas être capable de voir ses yeux ni les traces de larmes sur ses joues.

— Elle est dans les vapes. Donc jusqu'à ce qu'elle se réveille, il n'y a rien que l'on puisse faire.

— On va la réveiller. Pas d'inquiétude.

Et il rit. Un rire qui lui fit comprendre qu'elle n'aurait pas le luxe de dormir pendant ce qu'ils avaient prévu. Ils allaient obtenir leurs réponses, quoi qu'il arrive.

— ON A besoin d'un meilleur moyen de suivre ces gars-là.

— Mason cherche des détails sur l'homme mort, identifié comme Stan Slater. C'est celui qu'ils ont tué et laissé derrière eux.

— Des associés connus ? demanda Shadow.

— Oui, ils apparaissent à l'écran en ce moment.

Le téléphone portable de Hawk montrait plusieurs hommes. Il les fit défiler, les regardant longuement pour être sûr de les reconnaître au cas où il tomberait dessus. Il s'arrêta sur le dernier.

— C'est le deuxième gars qui est venu avec Stan.

Shadow tendit la main vers le téléphone. Il jeta un long regard et secoua la tête.

— Je ne l'ai jamais vu.

— C'est l'un d'entre eux, répondit rapidement Hawk à Mason, sachant qu'il élargirait la recherche des associés de ce type.

En attendant, il transmettrait l'e-mail à Swede.

— Plus on en trouve…

— Ah, ah, dit Hawk lorsqu'un deuxième e-mail de Mason arriva. Le deuxième homme a un F 350.

— Bien. La plaque d'immatriculation ?

— Il en a une. Il envoie l'alerte.

— Parfait.

Ils s'arrêtèrent dans une station-service. Pendant que Shadow faisait le plein, Hawk entra dans la boutique.

— Hé, nous voyageons avec un couple d'amis, mais il semble que nous les ayons perdus, est-ce qu'un F 350 noir serait passé il y a quelque temps ?

— Peut-être, un gros camion noir est passé il y a environ une heure. Ils ont fait le plein et ont payé à la pompe. Ils ne sont jamais venus ici.

Hawk hocha la tête.

— C'était peut-être eux. C'est bon à savoir. Ils étaient deux ?

— Oui, on dirait bien. Pas vraiment amicaux. Je regardais, j'essayais juste de garder un œil sur eux comme je suis censé le faire, mais l'un d'eux m'a lancé un regard noir. Difficile de croire qu'il a des amis.

— Oui, il est aigri. Il n'aime pas beaucoup les gens.

— Cette fichue coupe en brosse lui donne un air de militaire, mais avec cette attitude ? Un mercenaire sur toute la ligne.

Hawk resta discuter quelques instants de plus, acheta deux gobelets de café et retourna au camion pour informer les autres.

— Bien, dit Shadow.

Ils échangèrent leurs places pour que Hawk prenne le volant.

—Ce sont sûrement eux.

Hmm.

— Il n'a pas pu les identifier autrement que par un air méchant plein de mépris pour l'humanité.

— Bien. Les terroristes ont souvent un sentiment de supériorité ou de dédain pour leur prochain. Mais faire sauter le Golden Gate Bridge…

— Mason s'en occupe. La résidence du mort est en train d'être fouillée. Et le pont est passé au peigne fin en ce moment même. La sécurité est assurée vingt-quatre heures sur vingt-quatre.

— C'est un long pont. Facile de se cacher en dessous et de faire beaucoup de dégâts.

— En effet.

La conversation se poursuivit alors qu'ils envisageaient différentes options et échafaudaient plusieurs théories. À une heure de la Californie, ils s'arrêtèrent à nouveau pour faire le plein. Cette fois, les questions ne permirent pas de progresser. Ils se dirigèrent vers l'hôtel que Mason avait réservé. Hawk alla sur la terrasse à l'extérieur. Il ne pouvait s'empêcher de s'inquiéter pour Mia. Où était-elle ?

Il fallait qu'ils la retrouvent. Et vite. Ces hommes avaient un plan. Mais pourquoi elle ?

Dans l'obscurité totale, il se leva, la frustration le rongeant. Swede s'approcha.

— On va la trouver. Elle est forte. Elle fera ce qu'il faut. Elle sait qu'on arrive.

Il hocha la tête.

— On arrive. Elle doit juste s'accrocher.

CHAPITRE 12

MIA FUT TIRÉE du camion et jetée par terre. Quand sa tête toucha le sol dur, elle vit des étoiles. Encore une fois. Où était-elle ? Les yeux ouverts, elle pouvait voir un grand entrepôt, un sol en bois et des ombres. Beaucoup d'ombres. Elle laissa ses yeux se fermer alors que les voix continuaient autour d'elle.

— On doit faire le point.

— Je viens de leur envoyer un SMS.

— Tu devrais plutôt les appeler.

— Alors appelle-les.

Court désintérêt. Elle s'interrogeait sur leur relation. Plus des partenaires en affaires que des amis. Des camarades peut-être. Unis par une cause. Faire sauter le Golden Gate Bridge. La seule pensée de ce que les gens de San Francisco risquaient de subir dans les prochains jours l'horrifiait. Il devait y avoir des centaines de personnes sur ce pont à tout moment de la journée. Plus près de mille aux heures de pointe.

Pourquoi les terroristes choisissaient-ils cette cible ?

Pourquoi pensaient-ils que cela ferait une différence ? Sinon que tout le monde déteste encore plus les terroristes. Qui gagnerait dans un tel scénario ? Les actes de terrorisme ne font que répandre la haine, la peur et augmenter la violence.

Personne ne gagnait. Pire, les perdants se comptaient par

milliers. La perte de l'innocence. La peur de ce qui avait été normal. De ce qui avait été agréable.

Elle était désolée pour les habitants de la ville. Personne ne comprenait les dangers qui se cachaient sous la surface de leur vie apparemment facile et amusante. Ce n'était pas quoi on pouvait s'attarder. C'était trop horrible. Il valait mieux se concentrer sur le positif et laisser le reste de côté. Il y avait trop de choses à craindre, alors mieux valait tourner le dos aux soucis et faire de son mieux pour vivre aussi bien que possible.

Du moins, c'est tout ce qu'elle avait cru comprendre par elle-même. Elle devait trouver une certaine paix malgré les ténèbres qui se cachaient en dehors de son monde.

Maintenant dans son monde.

Si elle survivait, elle savait que le monde ne serait plus le même. Comment aurait-il pu le rester ? Personne ne retournait à l'endroit où il se trouvait avant un événement horrible. Ce n'était pas comme si l'on pouvait tout effacer. Même si on le voulait, c'était impossible. On était changé à jamais par les nouvelles circonstances de sa vie. Et ce serait son cas à elle aussi.

Elle ne regarderait plus jamais les gros pick-up noirs comme celui-ci sans se demander si le conducteur était le même que celui qui l'avait kidnappée. Pourrait-elle conduire sur le Golden Gate Bridge sans être terrifiée à l'idée qu'il explose sous ses roues ? Et les grottes… Elle avait déjà eu du mal à s'enfoncer dans ces maudites profondeurs, même si elle avait fait de son mieux pour garder ça pour elle. Qu'allait-elle faire maintenant ? Elle allait devoir se forcer à y retourner.

Elle ne pouvait pas laisser d'autres personnes souffrir à cause de ses échecs.

— J'aurais dû la jeter dans les grottes.

— C'est toujours possible.

Elle ferma les yeux, un frisson parcourant sa colonne vertébrale. Enterrée vivante dans un réseau de grottes qui s'étendait à l'infini. Mon Dieu… quelle mort horrible ! Pas facile et certainement pas rapide.

— Bien.

— L'enfoiré est en route.

Elle se figea. De qui parlait-il ? Et pourquoi ?

— Bien. Il peut se débarrasser d'elle. Elle nous pèse plus qu'autre chose.

— Peut-être. C'est comme ça.

— C'est stupide, voilà ce que c'est.

Mais la voix s'estompait, ses pas l'emportaient plus loin.

Elle aurait voulu se retourner pour soulager la douleur dans ses épaules, mais elle ne pouvait bouger dans aucune direction. Elle était à côté d'une pile de sacs. Vert militaire et remplis de Dieu savait quoi. Son regard se posa sur le couteau à l'arrière des sacs. Pouvait-elle l'atteindre ? Pourrait-elle l'utiliser ? Sans être vue ?

Elle se mit en position assise et s'adossa aux sacs. Elle ne pouvait pas sentir le bord du couteau contre sa taille. En esprit, elle se réorienta d'après la disposition des sacs pour pouvoir se déplacer si nécessaire. Elle n'aurait qu'une seule chance.

Elle remua les fesses en arrière jusqu'à se retrouver contre les sacs, puis ses doigts cherchèrent frénétiquement le couteau derrière elle.

Finalement, ses doigts touchèrent quelque chose de froid. Elle fit glisser le couteau de poche hors du sac.

— Mais qu'est-ce qu'on a là ?

Celui qui parlait se tenait en face d'elle. Elle se figea. Elle était tellement concentrée sur le couteau qu'elle ne l'avait pas entendu approcher.

Son bras fut brutalement saisi et elle fut soulevée sur ses pieds. Des pieds qui pouvaient à peine la soutenir. En fait, dès qu'elle s'appuya dessus, elle s'affaissa sur place.

Zut.

Mais ses doigts tenaient toujours le couteau de poche. Dans la confusion de sa tentative de se lever, elle réussit à mettre le couteau dans sa poche arrière. Un succès. L'homme qui l'avait attaquée et poussée dans le camion la traîna jusqu'au bout de l'entrepôt. Elle essaya de regarder autour d'elle, mais tout ce qu'elle voyait était des boîtes et des caisses. Sur la gauche, il y avait plusieurs tables surchargées d'outils. Au centre se trouvait une grande palette avec d'énormes bidons de liquide, mais elle n'avait aucune idée de ce qu'ils étaient ni de ce à quoi ils pouvaient servir.

— Intéressée ? ricana-t-il. Ne t'inquiète pas. On pourrait t'attacher à cette bombe et faire de toi l'attraction principale.

Son sang se figea, glacé, et elle trébucha.

— Bon sang.

Il tira fort, la soulevant de terre. Elle trébucha et tomba, la chute lui arrachant un cri de surprise. La tirant à nouveau brutalement, puis moitié la traînant, moitié la poussant dans un coin, il dit :

— Tu peux regarder de là.

Elle roula sur le dos et essaya de reprendre son souffle alors que la douleur irradiait dans tous les os de son corps. Elle aurait aimé s'asseoir pour pouvoir surveiller ce qu'ils faisaient, mais son corps ne répondait toujours pas correctement. Ce qu'on lui avait fait avait laissé une impression durable. Il y avait un mur à quelques mètres de là. Avec effort, elle roula jusqu'à lui pour s'y appuyer.

Là, quelque part dans l'obscurité, elle entendit de l'eau

clapoter contre le mur. Elle réalisa qu'ils étaient sur des docks. Un entrepôt sur l'eau, la baie peut-être en dessous. Elle savait qu'ils étaient à San Francisco d'après ce qu'elle avait pu comprendre. Cela pouvait expliquer la présence des docks, mais comment pouvait-elle en savoir plus ?

Elle jeta un coup d'œil entre les planches et vit l'ondulation de l'eau sous elle. Incroyable. Elle tenterait sa chance dans l'eau si elle pouvait y arriver. N'importe quoi pour s'éloigner des hommes. En regardant autour d'elle, elle se rendit compte qu'ils étaient occupés à travailler sur quelque chose au milieu de la pièce. Elle pouvait voir des piles de petites briques vertes, mais n'avait aucune idée de ce qu'elles étaient. Ou même ce qu'était le reste des objets dans l'entrepôt.

Il devait y avoir un moyen de sortir d'ici. Peut-être si on la laissait seule. Peut-être quand « l'enfoiré » serait là. Qui que ce soit.

Un camion s'arrêta à l'avant.

— Il était temps qu'il arrive, marmonna un des hommes.

— Attention. Il ne faut pas qu'il t'entende dire ça, prévint l'autre homme. Rien ne doit foirer maintenant.

— Je sais bien, mais c'est nous qui faisons tout le boulot.

Ils attendirent que le nouvel arrivant les rejoigne dans l'entrepôt. Elle entendit d'abord sa voix. Puis son visage apparut et elle faillit rire. Il portait bien son nom. L'Enfoiré, Tom Channel. Un riche enfoiré, et le père du petit voyou, Travis, qui la harcelait sans cesse au magasin – et partout où il pouvait la coincer. Elle n'était pas idiote et l'évitait depuis des années. Son père était au courant du problème. Quand Tom avait voulu racheter le magasin, son père n'avait pas eu de mal à refuser. Surtout quand Tom avait annoncé qu'il donnerait sûrement le magasin à son fils.

C'était plus que ce que son père pouvait supporter. Et comme elle s'en souvenait maintenant, il avait été question d'acheter une quarantaine d'hectares de colline derrière sa maison que son père possédait également. Il y avait quelques grottes là-bas, mais jusqu'à présent, son père avait tenu bon. Elle savait que l'argent – une somme importante – lui aurait été bien utile, mais il ne voulait pas vendre la propriété.

Elle avait compris. Ce n'était pas le cas de Tom Channel.

Et d'après l'expression de son visage, il avait hâte de discuter avec elle. La mémoire de Mia déterra des bribes de souvenirs sur le passé militaire de Tom, puis sur sa carrière politique. C'était ce qu'elle ne comprenait pas. Il correspondait parfaitement au rôle du politicard. Un minable vendeur de voitures d'occasion habillé pour aller en ville. Mais ce qu'elle pouvait maintenant lire dans chaque trait de son visage – le passé militaire –, c'était une tout autre histoire. Elle pensait que, s'il était vraiment dans l'armée, il y avait de fortes chances qu'il ait perdu la tête.

Vraiment.

HAWK FAISAIT LES cent pas dans la pièce. Ils avaient été informés du repérage potentiel du camion en ville, près des docks. Il voulait s'y rendre tout de suite pour le chercher. Pour la chercher. La police locale le recherchait.

De nouvelles informations arrivaient, mais au compte-gouttes. Et s'il y avait une chose pour laquelle il n'était pas doué, c'était l'attente.

Il voulait faire quelque chose.

Shadow dit :

— La ville n'a reporté aucune activité inhabituelle.

— Ils ne peuvent pas considérer que la recherche est déjà

terminée ! s'exclama-t-il. C'est une zone immense.

— Ils n'ont pas terminé, mais ils ont passé en revue les zones désignées comme les plus probables.

La voix de Shadow était pleine de… d'ombres. Il avançait à l'aveuglette.

— J'ai contacté quelques gars. Voir s'ils ont entendu des rumeurs.

— Si les gars sont bons, ils devraient avoir eu vent de quelque chose qui aura fuité. Cette rumeur ne va pas être bien accueillie. C'est une chose de faire partie d'une cellule terroriste sans faire partie de la communauté. Mais ce pont est un centre important. Le perdre va rendre la vie impossible à tout le monde.

— La cellule s'en fiche.

— Peut-être, mais tous ceux qui entendent les rumeurs s'en soucient.

Et ça avait bien joué en leur faveur. Personne n'allait laisser cela se produire. Ça pourrait être chacun d'eux sur le pont.

Le téléphone de Shadow sonna. Il fit défiler les textos puis s'éclipsa un moment pour appeler son contact.

Hawk n'écoutait qu'à moitié. Mais quelque chose attira son attention. Il se retourna et se rapprocha.

— Quel type d'équipement ? demanda Shadow dans le téléphone.

Shadow fronça les sourcils, son regard se portant sur Hawk.

— On parle de C4 ou de produits chimiques ?

— Tu es sûr de ça ? demanda Shadow. O.K. On va vérifier.

— Quoi de neuf ? lança Hawk quand l'autre mit fin à l'appel.

— Ce type a vu une camionnette faire plusieurs livraisons à un entrepôt. Un chariot élévateur déplaçait des palettes d'explosifs vers le bâtiment. Il avait repéré l'endroit à côté. Il était à l'intérieur quand il a cru que le fourgon approchait, alors il s'est glissé par l'arrière dans l'entrepôt suivant. Et c'est là qu'il les a vus décharger, avec un chariot élévateur. Il a dit que l'endroit était aménagé avec des tables, des éclairages supplémentaires et beaucoup d'équipement électrique. Il n'y connaît rien en explosifs, mais quelque chose l'a figé.

— Aucun signe de Mia ? demanda Hawk, d'une voix tendue.

— Il n'a pas parlé de prisonnière. Il a dit que ça n'avait pas l'air d'être aménagé pour du long terme, mais les types semblaient à l'aise, comme si c'était là depuis des semaines au moins.

— Mais aucune trace d'otage ?

— Je lui demande.

Shadow se détourna légèrement et rappela son informateur.

— À quelle heure de la journée et y avait-il une femme là-bas ?

La voix de l'indic s'éleva :

— Tôt ce matin, et pas de femme.

— Bon. Si c'est le même groupe, ils ont fait une femme prisonnière. On doit savoir s'ils l'ont toujours ou s'ils l'ont abandonnée en cours de route.

La gorge de Hawk se serra. Il avait du mal à avaler la dure vérité. Mais il savait qu'il était tout à fait possible qu'elle ait été jetée comme un déchet.

— Bien, dit Shadow en fronçant les sourcils. On va faire la même chose. On reste en contact.

Il ferma le téléphone et se tourna vers Hawk.

— Il va y retourner et jeter un coup d'œil.

— C'est judicieux ?

Hawk ne voulait pas que quelqu'un vienne perturber ses plans. Et il n'avait pas l'intention d'obéir à ses ordres de ne pas bouger. Il allait y aller dans quelques minutes. Il ne voulait pas que le contact de Shadow le gêne.

— Non, mais il a l'intention de finir le boulot auquel il travaillait quand il a été dérangé.

— Oui. Bien sûr, renifla Hawk. Voleur un jour, voleur toujours.

Shadow sourit.

— Oui, mais pour le moment, c'est notre voleur.

— Allons-y.

CHAPITRE 13

L E COUP VINT de la gauche. Elle gémit quand il s'écrasa sur sa tête. Encore. Puis la question vint. Encore une fois.

— Dis-nous qui sont ces hommes ?

Elle donna la même réponse que toutes les autres fois.

— Je n'en ai aucune idée.

Les mêmes mots revenaient sans cesse. Les mêmes questions, encore et encore. Combien d'hommes ? Qui étaient ces hommes ? Pourquoi ces hommes ? Étaient-ils des militaires ? Quels militaires ?

Le temps passait et la douleur continuait. Rien ne les arrêtait. Son visage gonflait, ses lèvres se fendaient. Sa langue pouvait à peine bouger. Ses yeux tuméfiés se fermaient. Sa tête grondait sous les coups. Ses épaules étaient sur le point de se déboîter. Chaque coup la faisait basculer sur le côté. La douleur irradiait le long de son corps en vagues incessantes.

Hawk, où es-tu ? murmura-t-elle dans sa tête. *Si ça ne te dérange pas trop, s'il te plaît… viens à mon secours.*

Elle ferma les yeux, laissant les ténèbres l'envahir.

Au moment où elle allait trouver la joie du silence, de l'eau froide lui éclaboussa le visage. Elle haleta et cria sous le choc.

— Mais qu'est-ce qui ne va pas chez elle ?

— Aucune idée. Ce n'est pas normal. Normalement, les

femmes sont déjà en train de chialer.

— Une sorte de code d'honneur. Mais bon. Elle finira bien par craquer.

Ce serait son corps qui craquerait. En fait, c'était déjà fait. Sa clavicule, pour sûr. Seulement la douleur ne s'arrêtait pas là. Elle irradiait jusqu'au bout de ses doigts. Elle n'allait pas tenir longtemps avant de perdre à nouveau connaissance.

Cet enfoiré de Tom, elle n'avait connu qu'une facette de lui. Et il ne comprenait pas les gens avec qui il travaillait. Il y avait de l'argent en jeu et c'est tout ce qui l'intéressait.

Triste.

Mais bon, si typique. En ce qui la concernait, il méritait tout ce qui lui arrivait. Avait-il seulement réalisé ce que les autres faisaient ? Comment quelqu'un qui s'était battu pour son pays pouvait-il laisser une chose pareille se produire ? Ou pensait-il pouvoir l'arrêter à temps ? Sauver le pays et être félicité pour son rôle dans l'affaire ?

— Comment peut-elle être encore consciente ?

Tom arriva de l'autre côté de la pièce.

— Son père est aussi têtu qu'elle.

Elle releva la tête et le regarda fixement.

Il sourit.

— Et aussi stupide.

Son défi fit long feu. Elle baissa lentement la tête tout en gardant un œil sur eux.

— Et si elle n'avait vraiment rien à nous dire ?

— Alors elle est inutile. Mais elle sait quelque chose, quoi que ce soit, ça doit être important, sinon elle nous l'aurait dit depuis longtemps.

Les autres hommes se regardèrent derrière son dos. Elle s'était interrogée sur les sous-entendus. Comme si les autres ne faisaient que laisser Tom croire qu'il était le patron. Elle ne comprenait pas la politique de ce petit jeu qu'ils jouaient, mais elle soupçonnait Tom de le financer, et quand ils en auraient fini avec lui, il deviendrait remplaçable – homme d'argent ou non.

— Ça ne peut pas être trop important.

— Wahou, attendez. On a enquêté sur les autres membres de la petite communauté dont elle est proche. Et il y a une meilleure amie. Eva Loring. Son frère est un SEAL.

Silence.

Son cœur chavira, mais elle devait s'efforcer de ne pas montrer que leurs nouvelles la faisaient réagir. Si elle montrait par le moindre trouble qu'ils tenaient quelque chose, elle deviendrait inutile et, pire, ils sauraient qui cibler d'autre.

— Quelle est la probabilité que le frère ait été présent à ce moment-là ? demanda le conducteur du camion noir, qui s'appelait apparemment Dave, en se tournant vers Tom. Tu as dit que tu avais enquêté sur les hommes avec qui elle était et qu'ils étaient sans importance.

— C'est le cas, dit Tom avec désinvolture. Les SEAL sont un groupe surfait de militaires musclés et sans cervelle.

Eh bien ! Mia espérait que des SEAL écoutaient. Ils s'assureraient qu'il paie pour ça. Et c'était quoi son problème avec eux ?

— Mais ils ont des relations et un pouvoir dont on peut se passer. Ça veut aussi dire que s'ils connaissent Mia, il est probable qu'ils la cherchent.

— Et alors ? demanda Tom en haussant les épaules. Ils ne valent rien.

— Tu te trompes, dit Dave. Si tu les as amenés à notre porte…

Tom se retourna pour lancer un regard noir à Dave.

— Alors quoi ? Alors vous les tuerez comme vous en avez tué tant d'autres avant eux. Je veux les terres de Gordon. Vous voulez votre petit marché ici. On a déjà fini, donc ce n'est pas un problème. Débarrassez-vous d'elle. Je m'en fous. Je ne m'attendais pas à ce que vous l'ameniez ici, pour commencer. Quand j'ai réalisé que c'était le cas, j'ai voulu apprendre ce qu'elle savait. Mais maintenant…

Il haussa les épaules.

— Tuez-la.

Dave fit un signe de tête dans la direction de Mia, et elle comprit qu'ils arrivaient à un tournant qu'elle n'allait pas aimer.

— Tue-la toi-même.

HAWK OBSERVAIT LA scène dans l'entrepôt éclairé. Il y avait suffisamment de jours dans les murs en planches pour que n'importe qui puisse voir à l'intérieur. Et ce qu'il voyait le mettait hors de lui. Mia était là, mais il était derrière elle. Elle avait été attachée sur la chaise où elle était assise, la tête affaissée sur le côté, comme inconsciente. Du sang coulait sur le sol. Sa mâchoire se crispa. Ils allaient payer pour l'avoir blessée.

— C'est pour ça que vous êtes là, dit l'homme en jean et veste de costume.

Hawk pouvait voir son visage, mais ne le reconnaissait pas. Mais ce devait être de Canford, s'il essayait d'acquérir les terres de Gordon.

— Tu n'es pas là pour la cause. Juste ta propre cause.

— Rappelez-vous qui a payé pour tout ça.

Le regard Tom se rétrécit, et il porta ses mains à ses hanches.

Hawk épia les expressions sur les visages des hommes qui s'agitaient pour repérer les jeux de pouvoir. Il se demandait si le « patron » avait la moindre idée qu'il était loin d'être un patron. Qu'il était remplaçable, et sûrement ici, dès maintenant.

— Elle peut t'identifier aussi, donc tu dois la tuer. Elle représente un problème pour toi.

Le regard de Hawk s'arrêta sur la grande table sur la gauche, avec un enchevêtrement de câbles et de connecteurs électriques. Des minuteurs. Seigneur. Ils avaient besoin d'une équipe ici. Maintenant. Mais Mia n'avait pas le temps. Il glissa le long du mur à la recherche d'un autre trou.

De sa nouvelle position, son regard balaya la pièce. Et se posa sur le visage de Mia.

Bon sang.

Elle avait été défigurée.

Pourquoi ? Elle ne savait rien.

— Elle était censée nous dire avec qui elle était. Qui l'a sauvée ? Qui était contre nous ?

— Eh bien, elle n'a pas pipé mot. Maintenant c'est trop tard. Alors débarrassez-vous d'elle.

Ils étaient morts. C'était tout ce qu'il y avait à faire. Il se fichait du protocole, de la procédure et de la justice. Ces hommes avaient réduit une femme innocente en bouillie. Il allait les éliminer. Il l'aurait fait pour n'importe quelle femme. Mais Mia ? La douce et courageuse Mia qui ne les avait pas abandonnés… cela le faisait bouillir de rage.

À force de la rencontrer, de l'observer avec son père, d'écouter sa propre sœur parler sans cesse de sa meilleure amie, Hawk avait compris qu'elle avait tellement peur de ne pas être assez bonne qu'elle mettait un soin particulier à être la meilleure possible. Pour en apprendre davantage, pour aider. Pour être bien meilleure parce qu'elle avait peur d'être trop loin de la perfection. En vérité, elle était bien meilleure que tout le monde. Elle l'avait toujours été. Il l'avait vue s'arrêter pour aider un enfant qui pleurait, porter les courses d'un vieil homme. Elle était toujours là, toujours présente. Toujours à l'arrière-plan.

Mince.

Où était Shadow ? Être une ombre, voilà ce pour quoi il était le plus doué. Passer inaperçu dans les endroits les plus dangereux. Il repéra un mouvement du coin de l'œil et réalisa que Shadow était déjà dans l'entrepôt. Bon sang. Il se déplaça pour pouvoir observer les autres, voir s'ils avaient remarqué la présence d'un intrus. Mais ils étaient pris dans leurs jeux de pouvoir.

Pendant qu'il les observait, l'un des hommes ouvrit l'arrière de la camionnette garée à gauche. Bon sang ! Le van était plein. L'homme appela quelqu'un et un quatrième homme débarqua et aida à charger les boîtes. De sa position, Hawk ne pouvait pas en voir assez pour être utile. Il courut le long du bâtiment. Où était passée Shadow ? Il ne le voyait plus. Quand les deux hommes eurent fini de charger la camionnette, ils appelèrent ceux qui se disputaient.

— C'est chargé !

L'un de ceux qui étaient en train de charger se dirigea vers le patron, sortit une arme et lui tira une balle dans la tête.

Il s'écroula en silence sur le sol.

— Il était temps. Espèce d'empoté. Tu aurais pu faire ça il y a une heure et m'épargner le stress.

— C'était un idiot. On a dû vérifier qu'il avait envoyé le dernier paiement. On vient d'avoir la confirmation que l'argent est à la banque.

Zut. Hawk savait que ça signifiait qu'ils avaient assez d'argent pour avoir les coudées franches.

— Et elle ?

— Balance-la dans la rivière. J'aurais dû la tuer sur le parking de l'hôpital. Une perte de temps et d'énergie. Rectifiez cette erreur.

Et il se retourna pour charger plus de matériel dans le van.

— On ne devrait pas les jeter toutes les deux dans la rivière en même temps. Les flics vont faire le lien entre les deux incidents.

Les autres hommes hochèrent la tête.

— Débarrassez-vous de cet enfoiré, ricana-t-il. Gardez-la jusqu'au matin. On l'éliminera demain.

Comme un sac d'ordures.

Hawk luttait pour contenir la rage qui faisait bouillir son sang. Elle avait plus de courage que n'importe laquelle de ces crapules. Il n'était pas question qu'il laisse quoi que ce soit d'autre chose lui arriver.

Elle n'allait pas mourir comme ça.

— Ça n'arrivera pas, susurra-t-il.

Hawk se glissa sur le côté où les hommes étaient occupés à traîner le patron jusqu'au fond. Il vit une petite trappe qui s'ouvrait sur l'eau en dessous.

— Lestons-le bien. Il ne doit pas surgir avant que nous soyons partis depuis longtemps.

— On peut le laisser ici si tu veux. Il tiendra une demi-journée.

— Non, ça va juste ramener les rats. On n'a pas besoin de ça. Débarrassez-vous du corps, assurez-vous qu'il ne se montre pas avant qu'on ait quitté le pays.

Quitté le pays ? Hawk envoya rapidement un message à

Mason. Quand il releva les yeux, le van s'éloignait. Il se précipita sur le côté pour apercevoir la plaque d'immatriculation, mais elle n'était pas visible. Il prit quand même une photo et l'envoya. Ils devaient suivre ce véhicule.

Il avait vu quatre hommes. L'un était parti, peut-être deux. Ce qui laissait deux hommes derrière. Et Mia.

Il pouvait gérer.

CHAPITRE 14

LES TÉNÈBRES L'ENTOURAIENT. Elle ne pouvait pas penser. Son esprit était noyé dans une mer de ténèbres, et elle voulait juste en finir. Elle était heureuse d'avoir passé du temps avec son père avant de partir. Au moins, il irait bien. Elle manquerait à Eva, mais elle aussi irait bien. Personne d'autre ne saurait rien ou ne s'en soucierait.

Maintenant que la fin approchait, elle était étonnamment en paix avec l'idée.

— Mia ?

Une voix douce et chaude contre son oreille. Elle était donc morte. Parce que c'était la voix de Hawk. C'était si doux de l'emporter avec elle de l'autre côté du grand fossé. À moins que… Son cœur se figea.

À moins qu'il ne soit mort lui aussi.

Remuant les lèvres le moins possible, elle murmura,

— Tu es mort, toi aussi ?

— Non. Je suis en vie. Et toi non plus.

— Si, je le suis.

Elle leva la main et caressa son beau visage.

— Si tu es avec moi, c'est que je le suis. Tu es trop beau pour être avec moi, autrement.

Il secoua la tête.

— Ce que tu dis n'a aucun sens. N'essaie pas de parler. Tu es blessée. On va te trouver de l'aide.

— De l'aide, oui… J'aime bien aider.

— Non, on va t'aider toi, souligna-t-il. Pas l'inverse.

Elle s'efforça de faire le tri dans la confusion qui régnait dans sa tête.

— Désolée, je ne suis pas très en forme en ce moment. Ils m'ont attrapée, dit-elle à voix basse. Je ne leur ai rien dit.

— Qu'est-ce qu'elle dit ? chuchota Shadow à côté d'eux. Je ne peux pas entendre ce qu'elle dit.

— Tu ne devrais pas être ici, marmonna-t-elle d'une voix plus forte. Ils vont s'en prendre à toi.

— Bien, dit Hawk. Ils n'ont qu'à essayer.

Il était derrière elle maintenant, elle pouvait sentir la colère. Elle ne comprenait pas.

— Tu dois partir. Tu vas être blessé.

Ses bras tombèrent soudainement en avant, comme si les liens avaient été coupés. Elle cria. Mais il avait déjà coupé les liens autour de ses chevilles et la soulevait dans ses bras. Elle frissonna alors que son corps parvenait encore à réagir à sa nouvelle position. Ses nerfs hurlaient alors qu'ils se réveillaient à nouveau.

— Doucement. On va te sortir d'ici.

Elle ferma les yeux.

— Laissez-moi. Arrêtez-les. Ils vont faire sauter le pont.

— On va les arrêter. Mais tu es importante toi aussi. Mets-toi ça dans la tête.

Elle essaya de sourire, mais sa bouche lui faisait trop mal pour qu'elle puisse faire plus que l'ébaucher.

— Ne bouge pas, ça ne fait qu'empirer les choses.

— Fais attention aux hommes, chuchota-t-elle. Je ne veux pas qu'ils t'attrapent.

— On les a déjà éliminés. Ils ne feront plus de mal à personne.

Il baissa les yeux vers elle et sourit.

— Et si tu laissais quelqu'un d'autre s'occuper de tout ça pendant un moment ?

Il la déplaça doucement dans une sorte de véhicule.

— Je te promets. Ces deux-là ne reviendront plus jamais.

On pouvait entendre des sirènes au loin. Des flics. Elle était soulagée.

— Tu les as appelés ?

— Oui, on a quelques morts à transporter et une héroïne à sauver.

— Pas moi. Pas l'étoffe d'une héroïne.

Des lèvres chaudes se pressèrent contre son front.

— Carrément l'étoffe d'une héroïne.

Les gens se précipitèrent vers eux.

Elle fut allongée sur une sorte de lit.

— Je vais bien. J'ai juste besoin de dormir un peu, pro-testa-t-elle en s'endormant.

— Quand le médecin dira que tu vas bien, tu pourras dormir, mais en attendant…

Soudain, elle fut entourée de gens et de bruit. C'était trop pour s'y retrouver. On étendit une couverture chaude sur elle, puis des sangles passèrent par-dessus, et elle sombra dans un oubli paisible.

Alors qu'elle s'enfonçait, elle tendit la main et attrapa celle de Hawk.

— Merci.

— PRENEZ BIEN soin d'elle, ordonna Hawk.

Le chauffeur de l'ambulance hocha la tête en chargeant Mia à l'arrière de l'ambulance.

— Elle a de la chance d'être en vie.

— Je sais.

Hawk observa le chaos qui l'entourait. La chasse à la camionnette était ouverte, mais l'agitation régnerait ici toute la nuit, avec trois morts derrière lui. Il ne restait plus qu'un conducteur à traquer.

Shadow s'était tenu à l'écart des projecteurs. Maintenant, il s'approchait de Hawk.

— Tu es prêt à partir ?

— Oui.

Il ne bougea pas pour autant, fixant les feux arrière de l'ambulance qui disparaissaient au loin.

— On surveille le van ?

— Pas encore, répondit Shadow en parcourant ses messages. Cet endroit va nous donner beaucoup d'informations utiles.

— Pas assez vite. Cette bombe est potentiellement prête à être utilisée.

Il ne pouvait toujours pas s'éloigner de l'endroit où Mia se trouvait. Les lumières de l'ambulance étaient parties depuis longtemps. Pourtant, il restait là.

— Mason a quelques pistes. Viens.

Il se retourna pour regarder Shadow.

— Je vais aller à l'hôpital. Voir comment elle va.

Shadow hocha la tête.

— Je vais faire une reconnaissance avec Swede avant de passer te prendre.

S'enfuir prit un peu plus de temps que ce à quoi Hawk était préparé. Pourtant, il y parvint en un peu plus d'une demi-heure et trouva l'hôpital grouillant de corps provenant d'un carambolage. Il lui fallut quelques instants pour demander à une infirmière où Mia avait été emmenée, et découvrir qu'elle n'était pas du tout dans cet hôpital.

Inquiet, il courut jusqu'au parking et appela Shadow.

— Elle n'est pas ici.

— Emmenée dans un autre hôpital ? demanda Shadow. S'il y a eu un grave accident de voiture, c'est possible.

— Il vaudrait mieux. Si on l'a livrée à ces ordures…

— Ils n'ont plus aucune raison de la capturer maintenant. Ils l'auraient juste tuée sur place.

Il le savait. Il était déjà dans sa Jeep en direction du deuxième hôpital.

— Appelle et vois si elle est là-bas.

— J'y vais.

Il était sur la route principale, à quelques rues du deuxième hôpital, quand Shadow rappela.

— Elle est là-bas.

— Bien.

Il s'arrêta devant la porte et descendit. Il courut à l'intérieur. Et la trouva. Elle était dans la première salle d'examen. Une infirmière s'affairait autour d'elle.

— Hé, qu'est-ce que tu fais ici ? s'exclama Mia, en essayant de s'asseoir. Tu es censé chasser les méchants.

— C'est le cas, mais j'avais besoin de connaître la gravité de tes blessures.

— Nulle, murmura-t-elle.

Hawk croisa le regard de l'infirmière et elle sourit.

— On va bientôt l'envoyer faire des radios pour en avoir le cœur net.

Bon. Il aurait pu se contenter d'appeler. Mais il avait besoin de la revoir. Il se pencha et murmura :

— Je vais peut-être devoir partir, mais appelle-moi si tu as besoin de quelque chose. Compris ?

La surprise illumina son visage. Elle murmura,

— Merci. Mais va sauver le monde.

Il sourit.

— J'y vais. Toi, sauve-toi toi-même, tu m'entends ? Assure-toi de guérir avant que je ne revienne.

Elle le fixa du regard, son regard sombre, insondable.

— Tu reviendras ?

Il se pencha vers elle et l'embrassa.

— Je reviendrai.

Et il partit.

UNE FOIS LES radios passées, elle fut inscrite à l'hôpital et on lui dit que son séjour durerait quelques jours. Maintenant qu'elle était au lit, avec des médicaments dans les veines, des draps propres et beaucoup d'eau, tout ce qu'elle voulait, c'était dormir.

Mais son esprit ne réussissait pas à se calmer. Elle voulait rentrer chez elle. Au moins parler à son père. Qu'il sache qu'elle était en vie.

Avait-elle encore un téléphone portable ? L'infirmière entra à ce moment-là et Mia lui demanda.

— Il y a un téléphone. Et votre couteau. Ils sont dans un sac pour vous.

L'infirmière lui sourit.

— Je vais les mettre sur la table à côté.

— Non, apportez-les s'il vous plaît. Ils ne sont pas à moi, ils sont aux kidnappeurs.

Avec un regard de surprise, l'infirmière se précipita vers une armoire sur le côté et revint quelques minutes plus tard avec les deux objets. Bien qu'elle ait envie d'appeler son père, c'est le couteau qui l'intéressait. Elle le retourna dans ses mains. Et trouva les initiales « JF » sur le coin supérieur. Elle ne savait pas si cela pouvait aider quelqu'un ou pas. Les initiales n'étaient pas d'une grande aide. De plus, ils savaient déjà quel était le plan. Ils avaient besoin d'identifier les ordures impliquées, mais les initiales n'allaient pas être d'une grande aide. D'autant plus qu'on avait pu le prendre à quelqu'un d'autre. Elle ouvrit le couteau et sortit complètement la lame. Elle était longue et mortellement aiguisée. Un couteau de chasse. Avec du sang séché dans la charnière. Humain ou animal ?

Elle prit son téléphone et appela Hawk.

— Pas sûr que ça change grand-chose, mais j'ai réussi à voler un couteau dans le sac d'un des gars. Je n'ai pas eu l'occasion de l'utiliser, mais il était dans ma poche à l'hôpital, ici. Il y a du sang dessus et les initiales « JF » sur le manche.

— Je vais demander à quelqu'un de le récupérer. Garde-le à un endroit sûr jusqu'à ce qu'ils arrivent.

Sa voix se fit grave :

— Et toi, reste en sécurité. Souviens-toi, on s'en occupe.

Elle rit en raccrochant.

— Oui, il s'en occupe.

Avec cette pensée positive, elle composa le numéro de son père.

— Papa ?

— Mon Dieu, Mia, tu vas bien ?

— Je vais bien maintenant.

Et elle éclata en sanglots. N'importe quoi.

Au bout de quelques instants, elle réussit à se ressaisir et à expliquer ce qui s'était passé.

— Oh mon Dieu ! Je suis tellement désolé, chérie. Je n'aurais jamais dû laisser Gerry revenir dans nos vies.

— Ça n'aurait peut-être rien changé.

Elle lui parla de Tom qui voulait acheter le terrain.

— Papa, je pense qu'il doit y avoir une raison pour qu'il ait été si insistant concernant le terrain.

— Il est plein de grottes, mais je ne vois pas pourquoi il

s'en soucierait. Je n'y suis pas allé depuis des années. Je n'avais pas passé un bon moment la dernière fois, donc j'ai évité depuis. Bon sang, ça fait plus de quinze ans que je n'ai pas exploré cette zone.

— Peut-être qu'il est aussi plein d'armes à feu.

— J'en doute. Tom était tordu et avide de pouvoir, mais il était surtout avide d'argent.

— Des chances de trouver des métaux précieux ou des minéraux ?

— Aucune idée. Honnêtement, il n'était pas très fort dans tout ce qui était combines pour s'enrichir. Depuis, bien sûr, il était riche, mais c'est l'argent de l'héritage. Je ne sais pas si l'une de ses idées a fini par fonctionner.

— Ça n'a plus d'importance maintenant. Il est mort. Son fils n'est peut-être même pas encore au courant de la nouvelle.

Elle n'avait pas envie de le revoir. Il avait perdu son père et ça devait faire mal. Elle était reconnaissante d'avoir encore le sien. Elle avait été à deux doigts de le perdre plusieurs fois ces derniers temps.

— Il le saura bien assez tôt. Je vais pouvoir sortir. Je dois retourner au magasin et voir l'étendue des dégâts survenus pendant que personne n'était là.

— L'endroit a sûrement été nettoyé.

— Peut-être que ça devrait rester comme ça. Il est peut-être temps de vendre. Dommage que le seul qui voulait l'acheter soit mort, dit-il.

Elle comprenait ce qu'il ressentait. Pourtant, il n'avait pas l'air heureux de sa décision. Et elle tenait à ce qu'il le soit.

— Tu n'as pas à prendre de décision maintenant, répondit Mia en remuant dans le lit. Attends d'y être et vois comment tu le sens.

Un policier arriva sur le seuil de sa porte et regarda autour de lui. Elle avait une chambre individuelle, ce dont elle était reconnaissante, et c'était aussi agréable qu'inattendu.

— Désolée, il y a quelqu'un. Je te rappellerai plus tard.

Et elle raccrocha son téléphone avant d'interpeller le jeune homme.

— Bonjour, vous cherchiez ceci ?

Elle brandit le couteau.

— Hawk a dit qu'il enverrait quelqu'un pour le récupérer.

— C'est moi.

— Vous connaissez bien Hawk ou vous faites partie de la force locale et êtes juste le garçon de courses ? dit-elle avec un sourire.

— Hawk… dit-il en riant. C'est qui ?

— Oh, juste le SEAL qui a fait tomber toute cette opération, expliqua-t-elle en tendant le couteau. Prenez-en bien soin. Il appartient à l'un des kidnappeurs. Je leur ai volé.

Elle bâilla.

— Désolée, les analgésiques m'assomment vraiment. C'est une bonne chose que vous soyez venu maintenant. Je vais m'endormir dans quelques minutes.

Il lui fit un grand sourire.

— Oui, je pense.

HAWK FIXA LA carte devant lui. Une vieille carte technique du pont et de ses fondations, tel qu'il avait été construit à l'origine. Une lecture fascinante. Et surtout trop de possibilités de causer des dommages massifs en posant des bombes au bon endroit.

Ce n'est pas un danger qu'on avait prévu lors de la construction des ponts. La portée était trop grande. Le trafic était trop important. Personne ne voulait prendre la décision de fermer l'artère principale sur des rumeurs. Personne ne voulait prendre la responsabilité si on découvrait que c'était un canular.

Il savait que ce n'en était pas, mais il n'était pas sûr que beaucoup de gens le croient. Sauf son équipe. Mais peu importait tout ça. Il devait retrouver les hommes avant qu'ils ne mettent la bombe en place. Et pour cela, il devait trouver l'endroit le plus probable pour déclencher la bombe en faisant un maximum de dégâts. Avec un point d'entrée unique, car c'était plus simple et plus rapide que de multiples détonations. Cela signifiait qu'elle devait être assez grosse et il n'était pas sûr que ce qu'il avait entrevu le soit. Alors ils devaient aussi envisager des points de frappe multiples.

Et cela signifiait plus de véhicules, plus d'hommes… et plus d'endroits où ils seraient vulnérables.

Pendant que les hommes derrière lui discutaient, Shadow et lui, avec l'aide de Swede qui effectuait les recherches informatiques sur les terroristes, traçaient le meilleur itinéraire comme s'ils prévoyaient de détruire le pont eux-mêmes.

Il était toujours plus facile d'arrêter une opération si l'on comprenait le chemin que l'ennemi prévoyait d'emprunter.

— Je ne sais pas. Il faudrait que ce soit énorme. Ça ne va pas exploser vers le bas, mais vers le haut. Quelques dégâts, mais mineurs somme toute, dit Shadow.

Son doigt pointa la carte sur l'entrée la plus éloignée.

— Les fondations ici sont massives. Encore une fois, le nombre de bombes, les types, la taille… Je ne sais pas… ajouta-t-il en secouant la tête. Je n'aime pas ça du tout.

— Je sais ce que je ferais, annonça Hawk. Sous l'eau, en

enlevant les supports. Cela leur donnerait l'avantage de travailler sous le couvert de l'eau.

Swede se leva et se dirigea vers la carte.

— Ce serait un sacré plan.

— En y accédant comment ? En ferry ? Ce sont de gros fourgons et, avec le type de cargaison qu'ils transportent, ils sont lourds.

— Pourquoi pas une barge ou, mieux encore, un vieux bateau de pêche ? La baie en est pleine, dit Hawk, fixant le papier, mais en esprit il voyait les flots s'agiter devant lui. Les grands bateaux de pêche, assez grands pour supporter le poids, n'y sont pas rares.

— Une barge est trop peu maniable, dit Shadow. Et elles n'ont pas de moteur. Un bateau de pêche ferait l'affaire, mais il aurait du mal à accoster dans cette zone.

— C'est vrai, mais un remorqueur serait capable d'aller et venir assez facilement. Et puis ils jettent aussi l'ancre et ont un bateau à moteur pour revenir à terre. Personne ne trouverait ces options bizarres.

Son téléphone sonna. Il le sortit, regarda le numéro et sourit.

— Hé Gordon, tu es rentré, tu fais des bêtises ?

— Mia a encore disparu. On l'a examinée, on lui a fait passer des radios, on l'a installée dans une chambre et on lui a donné des analgésiques pour les coups qu'elle a reçus. L'infirmière est retournée la voir, et elle n'était plus là. Il y a encore ses vêtements et ses chaussures, mais elle a disparu. Sans laisser de trace.

Sa voix se brisa quand il dit les mots suivants :

— Ils l'ont rattrapée. Ils ne la laisseront pas en vie cette fois.

Hawk se retourna pour regarder ses amis, puis le groupe

de travail derrière eux. Il prit une profonde inspiration, puis d'une voix aussi calme et contrôlée que possible, il dit :

— Gordon, je te rappelle tout de suite.

Et il raccrocha. Son cœur battant la chamade et la panique faisant bouillir son sang, il annonça de façon laconique :

— Mia est partie. Aucun signe d'elle. Le lit d'hôpital est vide. Elle a laissé ses vêtements laissés derrière elle.

Les yeux des hommes se plissèrent jusqu'à n'être plus que des fentes.

— Ils l'ont enlevée ? demanda Shadow avec incrédulité. Pourquoi ?

La télévision émit une alerte :

— Nous venons de recevoir un message. Un groupe terroriste prétend tenir une captive qu'ils vont faire exploser en même temps que les terminaux de fret si leurs exigences ne sont pas satisfaites.

— Ça répond à la question ? demanda Swede alors que le présentateur continuait à parler derrière eux.

Là, sur l'écran, manifestement droguée et toujours dans sa blouse d'hôpital, le visage déjà meurtri et ensanglanté, suspendue à un poteau, se trouvait Mia.

— Mon Dieu, chuchota Hawk. Qu'est-ce qu'ils lui ont fait ?

CHAPITRE 16

C'ÉTAIT UNE IDIOTE. C'est tout ce qu'il y avait à dire. C'était une imbécile. C'était peut-être la morphine qui l'avait fait trop parler. Elle avait subi la torture de ces ordures et était finalement en sécurité – tout ça pour lâcher la première chose qui lui était venue à l'esprit quand elle avait vu le jeune flic. Sauf que ce n'était pas un flic. Mais elle ne l'avait pas su avant qu'il ne ramasse le couteau pour l'empocher avec un « Merci. C'est mon père qui m'a donné ce couteau. Je n'aurais vraiment pas voulu le perdre. »

Il avait souri et dit : « Très vilain de ta part, mais j'aime l'esprit chez une femme. Dommage qu'on n'ait pas le temps de faire connaissance. Mais les gars ont trouvé un meilleur usage pour toi. Surtout maintenant. »

Son sourire lui avait glacé le sang.

Et elle avait perdu connaissance. Elle ne savait pas s'il l'avait frappée, droguée ou autre, mais c'était la dernière chose dont elle se souvenait.

Maintenant, elle avait froid, elle était effrayée et elle avait mal comme elle n'avait jamais eu mal auparavant. Elle aurait vraiment besoin de plus d'analgésiques. Pourquoi étaient-ils après elle à nouveau ? Elle n'avait rien fait, ne savait rien. Elle n'avait ni argent, ni prestige, ni pouvoir.

Il n'y avait aucune raison de continuer à s'en prendre à elle.

Et elle aurait vraiment aimé rentrer chez elle, maintenant.

Puis ils lui mirent une caméra sous le nez pour la deuxième fois. Elle la fixa en espérant que Hawk regardait. Elle était sur une sorte de vieux bateau de pêche, mais elle ne savait pas où. Sûrement sous ce foutu pont dont ils parlaient tous. Apparemment, elle allait être attachée à la bombe. Vraiment. Quand elle avait décidé de passer une journée pourrie, elle n'imaginait pas que ce serait à ce point.

Face à la caméra, elle bougea légèrement les doigts. Elle devait faire passer un message, mais comment ? Elle ne connaissait aucun code secret. Et n'avait aucune liberté de mouvement. Elle fixait la caméra quand on lui disait de le faire et prononçait les mots qu'on lui donnait à lire. Ce n'était que des salades. Ils n'allaient pas la laisser partir.

Elle fixa la caméra et murmura :

— Désolée Hawk.

Alors que les caméras s'éteignaient, elle articula :

— Bateau de pêche.

Et, par miracle, ils ne semblèrent pas le remarquer. Ou du moins, s'ils l'avaient vu, ils ne le montrèrent pas. Elle laissa retomber sa tête. Elle était attachée contre le mur, les mains menottées, et ses pieds reposaient sur un petit rebord pour que ses bras ne supportent pas tout son poids. Ça aurait pu être pire, elle le savait. Mais il était difficile d'être réconfortée par si peu.

Il n'y avait rien d'autre à faire que d'attendre. Une vieille phrase de son père lui revint en mémoire. « Quand tout le reste échoue, souviens-toi de qui tu aimes. »

Les larmes lui brouillèrent la vue. Il lui manquait.

Est-ce qu'elle le reverrait un jour ? Est-ce qu'elle reverrait Hawk ? Elle savait qu'ils faisaient tous les deux ce qu'ils pouvaient. Et elle savait quel était son travail à elle. Rester en vie.

MASON REJOIGNIT LE groupe de travail et sentit immédiatement les autres hommes se crisper. Ils s'en remettraient. Il avait compris le message de Hawk, même si Hawk lui-même ne l'avait pas compris.

Cette femme était importante pour lui. Il avait même vu les excuses qu'elle avait présentées à Hawk lors de sa trente-deuxième apparition et, bon sang, cela ressemblait à ce que sa propre partenaire aurait fait. Elle aurait fait la même chose. Ironiquement, les gars et lui avaient été avec plus de femmes qu'ils ne pouvaient en compter, mais c'était une femme comme la sienne et maintenant celle de Hawk qui les avait arrêtés dans leur élan.

Et en parlant de ça, il vit Hawk faire les cent pas devant une carte et discuter de logistique avec Swede. Bien. Il avait aussi amené Cooper avec lui. Il ignora le groupe de travail et se dirigea vers ses hommes.

Hawk s'arrêta dans son élan, et un sentiment de soulagement l'envahit.

— Bon sang, ça fait du bien de te voir.

— Tu as eu son message ? demanda Mason.

Hawk fronça les sourcils.

— Ses fichues excuses ? Cette fille nous dirait de l'oublier et de nous concentrer sur la bombe.

— Elle est intelligente, dit Mason calmement. Et tu sais que nous dirions tous la même chose.

Les autres hommes se redressèrent lentement en réalisant la véracité de ses propos.

— Bon sang. Il a raison. C'est l'une des nôtres.

— Sauf qu'elle est captive.

— Et vous savez ce que cela signifie – nous ne partirons pas sans elle, dit Mason.

Les autres sourirent.

— Là, ça nous plaît.

Hawk passa les doigts dans ses cheveux.

— C'est quelqu'un, n'est-ce pas ?

— C'est quelqu'un. Et maintenant, elle est des nôtres et nous prenons soin des nôtres.

Il se retourna pour étudier la carte.

— Vous l'avez vue dire « bateau de pêche » à la fin, non ?

Ils se précipitèrent vers lui.

— Non, on n'a rien vu.

Il les regarda bouche bée.

— Vraiment ? Le journal télévisé que j'ai regardé a laissé la caméra tourner en s'éloignant d'elle, et elle a penché la tête sur le côté en articulant « bateau de pêche ».

Les autres secouèrent tous la tête. Hawk dit :

— La version qu'on a vue ne montrait pas du tout sa tête penchée sur le côté. Bon sang.

Hawk pivota sur ses talons et se dirigea vers la carte.

— J'ai dit qu'un grand bateau de pêche serait le meilleur moyen de transporter la bombe jusqu'aux fondations sous-marines.

— Alors allons chercher l'équipement dont on a besoin, dit Mason en souriant. On dirait qu'on va pouvoir aller nager.

Obtenir l'équipement prit un peu plus de temps que prévu. Heureusement, ils n'eurent pas à compter sur le groupe d'intervention pour les préparatifs. Le groupe n'était pas du même côté du navire que son équipe, et les autorités portuaires ne souhaitaient pas du tout que les docks soient fouillés. De plus, il était apparemment impossible d'arrêter les activités pendant quelques heures. Le groupe de travail avait estimé que les bombes seraient livrées par véhicule et avait donc voulu que les autorités se concentrent sur les points d'accès concernés, en restant à l'écart des docks.

Ce n'était pas un problème pour Hawk. Pendant que le groupe de travail s'occupait de ça, ils ne se mettaient pas en travers du chemin des SEAL.

Les SEAL préféraient travailler seuls et faire les choses à leur manière pour les mener à bien. Et pour l'instant, ils devaient trouver Mia. Ils emballèrent leur matériel et laissèrent le groupe de travail.

Dehors, ils se répartirent dans les véhicules et se dirigèrent vers les docks. Ils allaient avoir besoin d'informations.

— Shadow, qu'en est-il de ta source ? Une chance qu'il trouve des infos sur Mia ?

— Il est déjà en train de chercher. J'en ai deux autres qui cherchent aussi. Mais je veux y aller moi-même. Pas au même endroit, mais sur le côté nord du pont.

Hawk acquiesça.

— Une raison particulière ?

— Oui, c'est là que j'irais si j'étais eux.

C'était suffisant pour lui. Mason conduisit jusqu'à la zone en question et se gara.

Le ciel était calme. En paix. À l'aube d'un nouveau jour. Il avait fait plusieurs siestes pour garder sa qualité de concentration. En faisant le tour du camion et en regardant l'eau, il se demanda ce que ce nouveau jour allait apporter.

Shadow montra du doigt les navires qui travaillaient déjà sur l'eau. Il y avait des pétroliers attendant de charger et d'autres attendant de décharger. Des dizaines de voiliers flottaient sur les petites vagues provoquées par le vent frais qui courait à la surface de l'eau.

Il devait faire froid pour Mia si elle était là. Sur la caméra, elle n'était pas vêtue assez chaudement pour se protéger du vent glacé, avec juste une blouse d'hôpital sans grand-chose d'autre. Si elle était dehors, le froid allait être un facteur important.

Shadow pointa la baie du doigt. Il y avait plusieurs navires ancrés à l'embouchure. De plus petites embarcations flottaient autour d'eux. Il étudia les fondations au-dessus de l'eau et les points d'accès où ils se tenaient. Seulement deux supports majeurs, c'est donc là que les bombes devaient se trouver.

Facile.

Trop facile, en fait.

Il n'y avait aucun véhicule, aucun navire ni personne qu'ils puissent voir au pylône le plus proche. Cela semblait calme et tranquille. Mais l'eau tourbillonnait autour de la base sous l'effet du vent.

Son téléphone bipa.

— Dane a plusieurs amis débardeurs. Il y a des rumeurs sur une cargaison inhabituelle aux installations de fret d'Oakland.

— Où ? demanda Shadow. On a besoin de plus. Cette zone est immense. Quelle jetée, pour commencer ? Et quels navires y sont amarrés ? Ensuite, on a besoin du numéro d'appel du navire, pour pouvoir le trouver et suivre son parcours. C'est peut-être une fausse alerte, mais on va devoir tous les vérifier.

— Dane dit aussi…

Hawk s'interrompit en lisant le texto qui arrivait.

— Aucune femme n'a été vue, mais un corps a peut-être été aperçu.

Son cœur s'arrêta.

— Bon sang, bon sang. Bon sang.

— Doucement. Elle est inconsciente depuis qu'ils l'ont sortie de l'hôpital – elle n'y serait pas allée si autrement –, ça signifie un corps pour la plupart des gens. Ils ont dû la voir amenée là où ils ont pris la vidéo.

— Exact.

Il valait mieux que ce soit le cas. Elle ne méritait pas cette situation pourrie. Elle avait été impliquée plus tôt à cause de son père, mais maintenant… maintenant elle était là à cause de lui.

— On va la trouver. Accroche-toi à cette pensée. *On va la trouver.*

La voix de Shadow était à la fois rassurante et dure, mais aussi énervée. C'est ce que ressentait Hawk.

— Descendons à l'endroit où « le corps » a été aperçu. On ne veut pas qu'elle soit dans l'eau si on peut la sauver avant que ça arrive.

— Elle sait nager ? demanda Swede.

— Aucune idée.

— Eh bien, j'espère qu'elle connaît les sauvetages aquatiques parce qu'il y a de fortes chances qu'on en fasse un, dit Shadow.

Ils retournèrent au camion alors qu'on apprenait qu'elle avait été vue au terminal de la septième rue du port d'Oakland. Rien de plus clair que ça. Et des hommes la cherchaient partout là-bas.

Mais c'était énorme, presque une ville en soi. Plein d'endroits où elle pouvait être cachée jusqu'à ce qu'elle soit utile à un nouvel accès de frénésie médiatique.

Ce n'était pas suffisant.

Hawk voulait être sûr qu'après tous les sauvetages auxquels elle avait participé, quelqu'un serait là pour la sauver à son tour.

CHAPITRE 17

ET MAINTENANT, OÙ était-elle ? Mia pouvait sentir le mouvement de balancement de l'eau. Il était donc probable qu'elle soit toujours sur le même bateau de pêche. Mais où ? Et pourquoi ? Elle ne voulait pas être à nouveau une fichue prisonnière, mais c'était exactement ce à quoi elle était réduite.

Il y avait avec elle deux hommes qu'elle pouvait voir. Ils l'avaient chargée dans une camionnette un peu plus tôt, mais elle avait succombé au froid et aux substances encore actives dans son organisme et s'était évanouie. Maintenant réveillée, elle était engourdie par le froid. Pourquoi ne pouvaient-ils pas lui donner au moins une couverture ? Elle savait bien qu'ils voulaient la tuer, mais quand même…

— Je peux avoir une couverture, s'il vous plaît ? demanda-t-elle poliment au premier homme.

Il l'ignora.

Elle demanda à nouveau, il l'ignora à nouveau.

Super.

Elle se tourna vers le deuxième homme et réitéra sa demande. Il leva les yeux, la vit parler et lui répondit par une formule qu'elle ne comprit pas. Le sens était pourtant clair. Non, elle ne pouvait pas avoir de couverture. Elle se mit en boule et essaya de contenir son angoisse. Elle refusait d'être un enfant de chœur. Pas maintenant.

Mais bon sang, ce froid sapait ses forces, tant physiques que mentales.

Son père jouait à des jeux avec elle quand elle était plus jeune et qu'elle s'ennuyait, et à ce moment, elle essayait de garder son esprit actif en rejouant les mêmes jeux. Il s'agissait de trouver un pays commençant par la dernière lettre d'un autre nom de pays. Elle en chercha autant que possible pour ne pas penser à ses problèmes. Mais en même temps, elle devait continuer à réfléchir aux options dont elle disposait. Il y avait sûrement quelque chose à faire. Rester calme et discrète, ne rien faire qui attise leur colère et attendre que ça passe. Saisir une occasion de s'enfuir si elle le pouvait. Elle était bonne nageuse. Bien que la baie, fatiguée et blessée comme elle l'était, risque d'être au-delà de ses forces. Mais là encore, ses options étaient limitées.

Elle devait être prête quand l'occasion se présenterait.

Et sous n'importe quelle forme.

Si cela signifiait aller faire un plongeon dans la baie, alors elle ferait mieux d'être prête. Et puis, elle préférait ça à être réduite en miettes par une bombe.

Surtout si ça devait être en public. Elle avait fait assez de cauchemars. Elle ne voulait pas être la cause de plus de cauchemars pour quelqu'un d'autre.

De plus, elle trouvait les exécutions publiques révoltantes.

Elle sourit. Au moins, elle avait toujours son sens de l'humour.

Faute de mieux, elle pourrait garder la tête haute. Et rester en vie.

Elle devait laisser à Hawk le temps de la secourir.

LES DOCKS GROUILLAIENT d'activité. Or ils devaient prendre en compte non seulement la navigation commerciale, mais aussi les bateaux privés qui soient assez grands pour le sinistre chargement. Il allait être impossible de suivre tout le monde à la trace.

Swede arriva derrière eux et leur passa devant comme s'il ne les avait pas vus. Il avança de quelques mètres, puis coupa lentement sur la gauche.

Hawk et Shadow le suivirent.

— Pourquoi le Golden Gate ? Pourquoi pas l'Oakland Bay Bridge ?

— Pourquoi pas n'importe quel pont ? Pour envoyer un message. À quel pont vous pensez quand vous pensez à San Francisco ?

— Le Golden Gate, répondit Shadow en secouant la tête. C'est le caractère iconique qui les intéresse. Le symbolisme américain, pas le pont lui-même.

— Les terroristes ont les deux, dans ce cas.

Ils passèrent de précieuses heures à arpenter les quais, à glaner les informations nécessaires et à poser les questions qui devaient être posées. C'est alors qu'ils étaient sur le point de rentrer à la base qu'un homme s'approcha d'eux.

— J'ai entendu que vous posiez des questions sur une femme en blouse d'hôpital.

Hawk fronça les sourcils en le regardant.

— Peut-être, qu'est-ce que ça peut te faire ?

— Ou plutôt, qu'est-ce que ça vaut pour toi, ricana-t-il, arborant une bouche à laquelle manquait une dent de devant. Si ça ne vaut rien, alors laissons tomber.

Et qu'avait-il à redire ? Est-ce que les gens aidaient encore les autres ?

Shadow s'avança.

L'homme recula, puis son regard se rétrécit.

— Combien ?

— Dis-nous d'abord et on verra.

Il ricana.

— Et ensuite vous partez, sans payer.

Shadow fit un demi-pas en avant.

— Mince, dit l'homme édenté en reculant légèrement. Je les ai vus la porter sur un remorqueur.

— Un remorqueur ?

Hawk se figea, son esprit passant les possibilités en revue. Un remorqueur, ça marchait s'il s'agissait de sortir une autre embarcation. Il y avait des remorqueurs à la pelle ici et ils étaient une activité importante de la ville. Personne ne s'interrogerait sur le mouvement d'un remorqueur. Leurs propriétaires dirigeaient presque l'endroit. Mme s'il pouvait s'agir du véhicule qu'ils utilisaient pour transporter les bombes, mais c'était peu probable. Il réfléchit à la logistique et à la taille.

— Comment tu sais que c'était elle ? demanda Shadow, la menace planant toujours dans sa voix.

— Elle était dans cette fichue blouse d'hôpital. La pauvre. Elle n'avait pas l'air consciente. Je l'ai vue à la télé, aussi. Ils vont la faire exploser et ce n'est pas bon.

— Non, ce n'est pas bon.

Hawk réfléchit un moment de plus, puis ajouta :

— Pourrais-tu identifier le remorqueur ?

L'autre renifla.

— Il y en a des milliers ici.

— Donc tu n'as rien à ajouter au peu que tu nous as dit, dit Shadow avec dégoût. Et la destination du remorqueur ?

— Hé, je n'ai pas dit ça. Tout d'abord, il y avait deux hommes qui l'ont emmenée à bord. Un troisième homme conduisait le van. Et non, je n'ai reconnu aucun d'entre eux, mais ils avaient la peau olivâtre et les cheveux noirs. Tous jeunes.

— Jeunes comment ?

Et une volée de questions se mit à fuser alors qu'ils essayaient de tirer le plus d'informations possible de lui. Lorsqu'il eut été payé et qu'il s'éloigna, les deux hommes se dévisagèrent, puis s'élancèrent vers l'endroit où le remorqueur avait accosté. L'informateur n'avait pas vu où il était allé, sinon dans le port, et cela pouvait signifier n'importe quoi. Mais il leur avait donné quelques éléments d'identification.

S'ils pouvaient identifier ce bateau, ils pourraient déterminer où Mia avait été emmenée. Que le van circule toujours était inquiétant. Et le savoir ne changeait pas grand-chose. S'ils étaient assez malins pour faire ça, ils étaient assez malins pour avoir échangé les plaques d'immatriculation avec un autre véhicule. C'était simple et ça se faisait tout le temps.

Sur les quais, ils marchèrent en luttant contre le vent violent qui soulevait l'eau de l'océan, les trempant instantanément. Hawk observa les bateaux dans la baie. Il y en avait une bonne douzaine. La plupart transportaient des conteneurs d'expédition, mais il ne serait pas difficile de faire monter clandestinement Mia à bord s'il s'agissait des membres d'un équipage. Cela dit, ils ne feraient sûrement confiance à personne et ne voudraient pas être vus avec elle. Donc un endroit privé était plus probable.

Son regard s'attarda sur les bateaux de pêche qui flottaient sur l'eau. Ils étaient minuscules à côté des porte-conteneurs, mais certains étaient certainement assez grands pour faire le travail.

Cela signifiait qu'il y avait plus d'options à considérer et qu'ils manquaient de temps.

Du moins dans l'immédiat. Ils pouvaient prendre une autre route pour s'échapper. Surtout s'ils n'étaient que deux. Suivant les terroristes, il était aussi probable qu'ils n'aient pas prévu de s'échapper. Les attentats suicides étaient courants. Tristes. Mortels. Il n'y avait rien de nouveau à découvrir, sauf à surveiller cet endroit et à avoir des yeux sur l'eau.

Hawk fixait l'eau, terrifié d'ignorer où pouvait se trouver Mia. Il n'y avait pas eu d'autres diffusions, mais les médias ne voulaient pas laisser tomber. Ils voulaient savoir qui était cette femme mystérieuse, et pourquoi elle était visée.

Ils n'allaient pas tarder à rassembler toutes les informations et à trouver Gordon. S'il restait silencieux, cela pourrait aider, mais maintenant qu'il savait ce qui arrivait à sa fille… eh bien, personne ne lui reprocherait de faire ce qu'il pensait être juste.

S'il pensait que ça pouvait sauver Mia, il ferait tout ce qu'il pourrait.

Et Hawk aussi.

— Hawk, on a repéré deux vieux bateaux de pêche près du pont.

— J'arrive.

CHAPITRE 18

SEIGNEUR, QU'ELLE AVAIT froid ! Ses orteils étaient devenus gris et sa peau avait une étrange teinte violette. Les terroristes se fichaient de sa santé, elle était déjà morte en ce qui les concernait. Si elle devait mourir, elle voulait mourir au chaud. Il fallait aussi qu'elle aille aux toilettes.

Tout de suite.

Elle essaya de se redresser, mais ses bras refusaient de bouger. Elle n'était plus contre le mur. Elle avait été traînée dans un coin et laissée seule. Ils ne se souciaient plus d'elle depuis qu'elle avait parlé devant la caméra. Les bras toujours attachés, mais plus derrière elle, elle serra ses genoux pour se protéger du froid. Elle aurait eu besoin d'une couverture, quelque chose pour éviter d'attraper froid. Trop tard. Elle le savait. Elle était déjà gelée et blessée et ne pouvait pas imaginer que son corps ait encore beaucoup de moyens de défense.

Un homme s'approcha et l'étudia d'un regard sombre.

Elle le fixa en retour. Elle n'avait plus peur et n'était plus inquiète. Elle allait vivre ou mourir aujourd'hui. Tout ce qu'elle désirait pour le moment, c'étaient des toilettes et se réchauffer.

— Lève-toi ! aboya-t-il d'une voix épaisse avec un accent qu'elle mit un moment à comprendre.

Quand elle comprit, elle se mit debout et se balança sur

place.

— J'ai besoin d'aller aux toilettes.

Il hocha la tête.

— Viens avec moi.

Et il sortit. Elle trébucha derrière lui, mais ses pieds étaient des planches épaisses et rechignaient à suivre ses ordres. Elle réussit à s'appuyer au mur et à s'avancer pas à pas. Elle arriva dans une sorte de couloir dont la puanteur l'aurait presque fait vomir. Il la poussa vers ce qu'elle supposa être des toilettes. Il resta à l'extérieur et attendit.

Elle fit ce qu'elle avait à faire rapidement. C'était sa première chance de bouger depuis des heures et sa première possibilité de s'échapper, mais avec son corps fonctionnant au ralenti, elle n'était pas sûre de ce qu'elle pouvait faire. Mais le temps lui manquait. Elle se creusa la tête pour essayer de trouver un plan.

Une autre voix appela. Son ravisseur répondit dans une langue qu'elle ne reconnut pas. Il se bougea légèrement, et elle entendit des pas s'éloigner. Rapidement, elle remonta ses sous-vêtements et tourna sur elle-même, cherchant désespérément une arme quelconque.

Il y avait des cris sur le pont.

Sans fenêtre pour regarder, elle ne pouvait pas voir ce qui se passait. Il y avait plusieurs couvertures poussées dans un coin. L'une était mouillée, mais c'était mieux que rien. Elle les attrapa et s'emmitoufla, son corps s'efforçant de se réchauffer avec soulagement. Il y avait aussi de vieilles chaussettes. Elle les enfila, gémissant presque de plaisir lorsque ses orteils sentirent une barrière de tissu entre eux et le plancher. Il y avait une sorte de cuisine dans la grande pièce, peut-être se trouvaient-ils sur une vieille péniche ou un bateau de pêche converti. Ce qui aurait été logique. Elle se souvint vaguement d'un plus petit bateau d'abord, un remorqueur, peut-être. Puis d'avoir été transférée ici.

Il n'y avait aucun moyen de voir l'extérieur d'où elle se tenait et aucun moyen d'envoyer un message. Mais pouvait-elle profiter de la confusion ? Se cacher ? Elle devait essayer.

Elle fouilla rapidement la pièce, à la recherche de quelque chose d'utile, et trouva un petit morceau de fil de cuivre. Elle l'étudia et l'enroula autour de son poignet pour le garder dans un endroit sûr.

Elle revint sur ses pas jusqu'à la salle de bains et la porte du couloir. Elle l'ouvrit avec précaution.

Et tomba nez à nez avec un fil… de quelque chose.

Des pas martelaient au plafond et on pouvait entendre d'autres voix. Bien, elle espérait que les bateaux étaient abordés. De préférence par les garde-côtes. Elle se glissa vers les escaliers et regarda vers le haut. Pourrait-elle se rendre là-haut sans être vue ?

Déterminée à essayer, elle rampa plus haut. Il y avait six marches. Plus elle montait, plus elle s'accroupissait.

— Qu'est-ce que tu fiches, bon sang ?

Elle se baissa, espérant que les cris ne lui étaient pas adressés.

Il semblait y avoir plus de gens à bord maintenant. Pourquoi ? Que se passait-il ?

Elle passa la tête au-dessus du pont et jeta un rapide coup d'œil autour d'elle. C'était plutôt un vieux bateau de pêche. Les hommes étaient derrière elle, agitant les bras et criant. Bien.

Elle acceptait toutes les distractions qui se présentaient. Elle se concentra sur la barque attachée à la balustrade à moins de deux mètres d'elle. Si elle pouvait l'atteindre…

Il pleuvait dehors. Et ils semblaient être au milieu de la

baie. À des kilomètres de la côte. Et à des kilomètres de tout autre bateau. Elle savait que la mort était certaine à bord. Était-elle aussi certaine dans l'eau ?

Elle courut jusqu'à la barque et se baissa à côté. Elle regarda par-dessus la balustrade. Les flots s'agitaient en vagues déchaînées contre la coque. Elle étudia les supports de la barque. Il y avait une sorte de système hydraulique pour la libérer. Les hommes étaient armés. Si elle espérait une fuite tranquille, une barque n'était pas la solution. Ils la tueraient avant qu'elle puisse la mettre à l'eau.

Un coup d'œil rapide confirma que les hommes se disputaient toujours.

Elle n'avait vraiment pas le choix. Elle abandonna la couverture, sachant qu'elle ne ferait que l'entraîner vers le bas, et franchit la balustrade. Avec une dernière pensée pour Hawk, elle attrapa la bouée de sauvetage accrochée à la paroi du bateau et reprit la couverture, pour cacher les couleurs blanches et rouges. Elle en avait besoin pour rester à flot, mais ne voulait pas qu'ils sachent où elle était. Les vagues allaient l'emporter à plusieurs mètres en quelques secondes. Quelques minutes de plus et ça n'aurait plus d'importance, elle serait partie depuis longtemps.

Alors qu'elle s'apprêtait à sauter le plus loin possible sur le côté, le *wap wap wap* d'un hélicoptère retentit au-dessus de sa tête.

Elle fit un signe de la main et sauta. Elle aurait juré avoir vu quelqu'un lui répondre.

— C'EST ELLE ? demanda Shadow en pointant du doigt au loin une tache verte derrière un canot de sauvetage.

Hawk regarda fixement, attrapa les jumelles et les ajusta.

— C'est elle.

Il évalua rapidement le problème et ce qu'elle était en train de faire.

— Seigneur, elle va sauter.

— Elle réalise qu'elle risque de se noyer dans cette tempête ?

— Je suis sûr qu'elle préfère se noyer que de rester avec eux.

— Dans le cas où elle arriverait à réfléchir.

Et Hawk savait que c'était sûrement la bonne réponse. Elle réagissait. Elle voulait se sauver et faisait tout ce qu'elle pouvait. Il admirait le simple fait qu'elle ne soit pas dans les vapes. Puis il regarda, le cœur dans la gorge, plusieurs hommes pointer dans sa direction. Elle ne pouvait pas les voir de là où elle était cachée, mais son instinct était bon. Elle entoura de ses bras quelque chose de grand et sombre et sauta pendant qu'il regardait.

Les hommes à bord se précipitèrent vers la balustrade.

— Mince.

Il envoya un message au pilote, qui fit immédiatement une embardée et se dirigea vers le bateau et la femme qui pataugeait dans l'eau. La distance entre le bateau de pêche et la femme se creusa rapidement. La priorité était de la secourir.

Hawk jeta son équipement et se déplaça vers le bord de l'hélicoptère. Il sauterait dès qu'ils seraient assez proches. Elle n'allait pas nager loin dans cette eau froide. Et il supposait qu'elle aurait trop froid pour se hisser elle-même jusqu'à bord.

Un coup de feu passa juste à côté de sa tête. L'hélicoptère vira sur le côté.

— Non ! cria-t-il. Laissez-moi descendre en premier.

— Doucement.

Shadow changea de position, une arme à la main.

— On est trop loin pour descendre le tireur. On a besoin des fusils.

Il était déjà debout et courait vers l'arrière de l'hélicoptère.

— C'est une mission de reconnaissance, on n'est pas venus équipés pour un assaut, lui répondit le pilote en criant.

— Je ne pars pas sans elle, répondit Hawk.

D'autres embarcations étaient en route. Si l'hélicoptère était obligé de repartir, ils n'auraient pas à rester longtemps dans l'eau.

L'hélicoptère fit demi-tour pour tenter de se rapprocher de Mia. Les hommes se tenaient sur le pont, dans l'incertitude. S'ils ouvraient le feu sur l'hélicoptère, ils seraient immédiatement éliminés. Il ne pouvait pas s'y résoudre. Hawk resta concentré sur Mia. L'hélicoptère se rapprocha. Hawk était prêt avec Shadow à ses côtés, prêt à éliminer un tireur s'ils étaient attaqués. Alors que Mia s'éloignait du bateau, Hawk sauta dans l'eau.

Saisi par le froid, il s'enfonça profondément puis remonta en se propulsant avec force. De sous les vagues, il pouvait voir Mia à environ six mètres de lui. Son saut semblait l'avoir déporté plus loin. Bien. Il fit surface et la rejoignit en quelques minutes. Elle était étendue sur quelque chose qu'il mit du temps à identifier. C'était une bouée de sauvetage. Il enroula un bras autour d'elle.

— Mia ? appela-t-il d'une voix forte. C'est Hawk. Je vais te porter secours. Accroche-toi.

Elle leva le visage et le regarda fixement. Son cœur se gonfla de douleur. Son visage, déjà ravagé par les coups, n'avait pas bien supporté l'eau salée. Elle tendit une main pour lui caresser le visage. Puis se mit à pleurer.

Il la serra contre lui. Dieu merci, ils l'avaient trouvée. Elle n'aurait pas survécu longtemps dans la baie.

— Tout va bien. Je suis là pour toi.

Il fit signe à Shadow. Le harnais de cordes descendit. Il les accrocha rapidement tous les deux. Shadow cria et pointa du doigt derrière eux. Hawk regarda autour de lui. Le bateau était en train de s'éloigner. Dommage, il n'irait pas très loin. Tant qu'il avait sauvé Mia, il se fichait complètement de ce que faisaient ces enfoirés. Il reviendrait pour eux bien assez tôt. Ils pouvaient bien courir, on finirait toujours par les rattraper.

À son signal, Shadow démarra le système de treuil pour les hisser tous les deux.

Mia s'appuyait mollement contre lui. Des frissons lui parcouraient le corps, et sa peau était d'un vilain gris pâle. Maintenant, elle devait combattre l'hypothermie en plus de tout le reste.

— Tiens bon, Mia. Tiens bon.

Mais elle ferma les yeux et ne répondit pas.

Puis ils furent dans l'hélicoptère, en direction du centre médical.

CHAPITRE 19

L A CHALEUR RÉVEILLA Mia, une chaleur réconfortante. Peut-être qu'elle était en feu. Elle avait été si froide auparavant, maintenant elle brûlait de douleur. L'engourdissement était peut-être une bénédiction, car en même temps que son corps se réveillait du froid, les zones blessées se réveillaient aussi. Et elle avait mal.

Elle se blottit sous les couvertures, répugnant à ouvrir les yeux et à voir où elle était. La possibilité d'être à la maison saine et sauve ne lui effleura pas l'esprit. Comme si c'était trop loin de la vérité. Mais elle avait besoin de savoir. Elle jeta un coup d'œil sous ses cils. Du blanc partout. Les draps, l'oreiller contre son visage, les rideaux autour d'elle. Un hôpital ? Ou autre chose ? Elle ne pouvait pas dire. Mais elle était seule.

Du moins, pour l'instant.

Des rideaux blancs l'entouraient de tous côtés. Autrement dit, les écrans d'intimité d'un centre médical. Ça lui allait. Sauf qu'elle avait besoin de savoir ce qu'il y avait de l'autre côté. Elle s'assit lentement et passa ses jambes par-dessus le côté du lit. Instantanément, on tira le rideau, et une femme habillée en blanc médical, une sorte d'emblème sur sa blouse, s'approcha.

— Où suis-je ? demanda Mia.

— Vous êtes à San Francisco, au centre médical de Hartland, expliqua la femme en souriant. Maintenant, s'il vous plaît, allongez-vous et reposez-vous. Votre corps a subi un traumatisme et a besoin de guérir.

De bon gré, ravie, les larmes aux yeux, sachant qu'elle était en sécurité, elle se blottit sous les couvertures. Le médecin la recouvrit.

— Avez-vous encore froid ?

Mia secoua la tête.

— Non, merci.

— Bien. Et les autres douleurs ?

— Je le sens, admit-elle.

— Il fallait s'y attendre.

Le médecin tritura quelque chose qui pendait à côté d'elle et c'est là que Mia réalisa qu'elle était sous perfusion.

— Je suis gravement blessée ?

— Rien dont votre organisme ne puisse se remettre. Vous avez plusieurs os cassés au visage et quelques côtes fêlées. Vos pieds sont blessés, mais dans les tissus mous, ils ont seulement besoin de temps pour guérir. Et le reste de votre corps… eh bien, vous avez subi un traumatisme, et ce n'est pas rien. Le froid n'a pas aidé, mais vous vous en sortez très bien compte tenu de ce que vous avez traversé.

Avec un autre sourire, le docteur partit.

— Merci, appela Mia.

— Ne me remerciez pas. Ce n'est pas moi qui ai sauté dans l'eau glaciale pour vous en sortir, dit la voix joyeuse.

— Attendez… quoi ?

L'eau ? Quelqu'un avait sauté dans l'eau et l'avait tirée de là ? Mia se creusa la tête pour essayer de comprendre de quelle eau elle parlait. Elle se souvenait avoir été prisonnière sur un bateau, mais les choses étaient floues après cela. Le seul thème dominant était le froid glacial.

Elle se rappela vaguement s'être faufilée sous le pont et s'être cachée derrière la barque. Elle ne se souvenait pas avoir plongé dans l'eau, mais elle avait dû le faire. Ou bien on l'avait poussée. Non, elle se souvenait d'avoir été terrifiée à l'idée d'être rattrapée. Donc elle avait sauté.

Bien… le souvenir se fit jour dans son esprit, mais il était distant, comme dans un rêve. Elle avait attrapé une bouée de sauvetage et avait sauté dans les vagues agitées. Il faisait si froid ! Elle avait battu des pieds de toutes ses forces, mais les vagues l'avaient entraînée où elles voulaient.

Et un autre souvenir fit irruption dans son esprit. Hawk. Ou peut-être un agent de recherche et de sauvetage qui la faisait penser à lui. Dans son imagination, tous les hommes la faisaient penser à lui. Elle soupira.

Mais elle se souvenait vaguement avoir été tirée hors de l'eau.

C'était le plus loin que sa mémoire pouvait aller.

Au chaud, confortablement installé, en sécurité pour la première fois depuis longtemps, elle ferma les yeux.

Puis les ouvrit. Savaient-ils pour la bombe ? Hawk. S'ils l'avaient sauvée, ils avaient dû trouver le bateau de pêche où elle se trouvait. Mais ça la rongeait. Il fallait qu'elle en soit sûre. Elle se redressa et chercha un bouton d'appel, un téléphone portable, un téléphone normal ? Bon sang, quelques gobelets et de la ficelle seraient bien utiles. Elle sourit. Non, pas du tout.

— Allô ?

Pas de réponse.

Elle fronça les sourcils et se mit sur le côté du lit. Elle ne voulait pas descendre. Elle avait peur que ses pieds ne la soutiennent pas. Ils ne devaient pas être en trop mauvais état… Elle avait marché sur le navire. Elle leva un pied. Il semblait en bon état.

Alors qu'elle vérifiait l'autre, l'hésitation la reprit. Peut-être qu'elle n'était pas si sûre que ça après tout.

Lentement, elle s'abaissa sur le sol et fit un pas en avant. Ses pieds étaient bouffis, chauds. Le médecin avait donc raison. Elle jeta un coup d'œil à ses vêtements. Une autre blouse d'hôpital. Blanche cette fois. Pourtant, elle devait en être sûre. Nerveuse, elle ouvrit le rideau et regarda autour d'elle. Elle était dans une pièce avec plusieurs autres lits séparés par des rideaux.

Elle était dans un centre médical. Dieu merci.

Alors qu'elle se dirigeait vers la porte, celle-ci s'ouvrit. Et plusieurs hommes entrèrent.

Elle se figea.

L'homme en tête se figea également. Et fronça les sourcils.

— Bon sang, Mia, pourquoi n'es-tu pas au lit ?

Hawk.

IL AVAIT ENVIE de foncer sur cette fichue jeune femme pour l'attacher à son lit. Il s'approcha et la regarda fixement. Heureux quand elle se précipita dans le lit.

Il intensifia son regard pour faire bonne mesure et comprit qu'il n'avait pas atteint l'effet désiré quand elle leva le menton et lui rendit son regard.

— Je vais bien.

— Tu ne vas pas bien. Tu es épuisée. Ton corps a subi un traumatisme horrible et tu as besoin de guérir.

Mince. Comment se faisait-il que cette femme réussisse toujours à le faire crier ? Pire encore, ses yeux brillaient maintenant d'un éclat excessif. Elle pleurait. Il se sentait minable.

Puis elle renifla. En vaillante guerrière essayant de ne pas s'effondrer face à l'adversité. Et cette fois, l'adversité, c'était lui. Bon sang.

Elle écarquilla les yeux en regardant derrière lui. Le reste de l'équipe s'était rapproché.

Son visage s'éclaircit et elle tendit les bras.

Hawk ne put que fixer le grand et fort Swede qui s'avançait vers elle et la prenait dans ses bras pour l'étreindre gentiment – après avoir lancé un regard noir à Hawk. Sans doute pour l'avoir maltraitée.

Il roula des yeux. Mia avait Swede qui lui mangeait dans la main. Shadow s'approcha, l'enleva à Swede et la serra dans ses bras.

Elle se laissa aller, adorant l'échange. Comment avait-elle réussi à apprivoiser chacun de ces gros durs à cuire ? Son équipe n'était pas du genre ours en peluche, sauf avec elle… et Tesla, la partenaire de Mason.

Il ne comprenait pas, mais regarda dans un silence taciturne chacun de ses hommes l'étreindre doucement. Même Dane, qui l'avait à peine rencontrée, lui fit un câlin. Lorsque Mason tendit la main vers elle, elle recula et la regarda fixement pendant un long moment, puis sourit.

— Tu es nouveau, mais je suppose que tu as autant contribué à me sauver que les autres, alors merci.

Et elle le serra dans ses bras.

Mason se retourna avec elle toujours dans ses bras et regarda Hawk, un grand sourire sur le visage et un sourcil levé.

Mia, à l'aise dans les étreintes de chacun des membres de l'équipe, croisa les bras et lui annonça en insistant sur les premiers mots :

— *Tes amis* sont très gentils.

Et elle adressa un bref signe de tête.

C'était quoi ce bazar ?

Et ces imbéciles qui lui souriaient n'aidaient pas.

— Ça ne sert à rien de lutter contre ça, dit Mason. En plus, je suis sûr qu'il y a quelques hommes ici qui veulent savoir.

— Savoir quoi ? dit-il en signe de frustration.

Swede prit la parole.

— Tu la gardes ?

CHAPITRE 20

— ME GARDER ? s'écria Mia. Non, il ne me garde pas. Il ne m'aime même pas.

Les autres sourirent. Shadow se dirigea vers la porte :

— Tiens-nous au courant, Hawk.

Hawk se contenta de secouer la tête, pour une fois sans mot dire.

Mason la replaça doucement sur le lit.

— On va vous laisser cinq minutes, et on revient.

Avec un doux sourire, il déposa un baiser sur sa tempe.

Et il sortit.

Elle les regarda partir et se sentit plus seule que jamais.

— Ils sont vraiment gentils. Je ne veux pas qu'ils partent.

— Ils vont revenir, dit Hawk d'un ton brusque en s'asseyant au bord du lit.

— Pourquoi sont-ils si gentils avec moi et toi si méchant ? dit-elle d'une voix désespérée.

— Je ne suis pas méchant.

Mais son ton était dur. Agressif.

Elle lui lança un regard dégoûté puis arrangea les draps selon un pli parfait sur ses genoux. Tout ce qui pouvait l'occuper pendant qu'elle avait affaire à lui. Il était si important pour elle, et tout ce qu'elle faisait semblait maladroit. Comment cela pouvait-il fonctionner ?

— Pourquoi tu es là ?

— Pour ça.

Il la tira en avant et la mit sur ses genoux.

Et l'embrassa avec la plus grande douceur et le plus grand amour qu'elle ait jamais ressentis. Elle en eut les larmes aux yeux. Elle enroula ses bras autour de son cou et se coucha dans un brouillard d'amour tandis qu'il caressait ses lèvres gonflées, puis embrassait ses pommettes abîmées, de ses lèvres aussi légères que les ailes d'un papillon.

Lorsqu'il s'arrêta enfin et la serra contre son cœur, elle murmura :

— Je ne dois ressembler à rien.

— Tu es comme toujours, dit-il avec naturel. Belle. Encore plus maintenant.

Elle renifla.

— Wahou, je ne savais pas que tu étais dans les vapes toi aussi.

Comme il ne répondait pas, elle se pencha en arrière et sourit.

— Ta vue a dû se dégrader très vite.

Il rit.

— C'est toi qui le dis. Tu as toujours été belle, maintenant on sait que tu es belle à l'intérieur aussi.

Et il l'embrassa à nouveau, cette fois plus fort, plus ardemment. Et ses os fondirent presque comme neige au soleil.

Une toux derrière eux la fit sursauter. Elle essaya de se redresser, mais Hawk n'était pas du même avis. Il resserra ses bras autour d'elle et dit :

— Allez-vous-en.

Mason, un rire dans la voix, répondit :

— Désolé Hawk, ça n'arrivera pas.

Hawk soupira.

— Alors entrez et faites comme chez vous.

Les autres se pressèrent autour d'eux.

Mason dit gentiment :

— Désolé, Mia, mais on doit te poser quelques questions.

Elle grimaça.

— Je comprends.

Elle s'efforça de s'éloigner un peu de Hawk, se réinstallant, tirant ses couvertures sur elle. D'un ton d'excuse, elle dit :

— C'est ma faute.

Hawk ricana.

Elle le foudroya du regard. Puis ses épaules s'affaissèrent, son irritation de courte durée alors que la culpabilité reprenait le dessus.

— J'ai ouvert la bouche et je n'aurais pas dû.

Les hommes se penchèrent en avant tandis qu'elle racontait qu'elle avait parlé au jeune officier – qui, elle le savait maintenant, n'était pas un officier – du couteau et de la façon dont elle l'avait obtenu. Et comment elle avait parlé des SEAL.

— Je n'ai mentionné aucun nom.

Elle fit une pause et fronça les sourcils.

— Du moins, je ne pense pas.

— Rien de ce que tu as dit n'a d'importance, dit Hawk calmement. Les militaires étaient déjà impliqués.

— Mais vous êtes super secrets, chuchota-t-elle. Et je crois avoir dit : « Hawk m'a dit que quelqu'un allait venir chercher le couteau. »

Ils hochèrent tous la tête, mais aucun ne semblait penser qu'elle avait fait une gaffe majeure. Mais c'était juste une impression. Avec une profonde respiration et ses doigts occupés à lisser les draps, elle termina son histoire. Puis elle se tut.

Hawk s'approcha pour couvrir ses mains, attirant l'attention sur le fait qu'elle avait froissé une partie du drap.

Elle frissonna.

— Ce n'était vraiment pas très amusant, marmonna-t-elle lentement, en relâchant le drap.

— Non, ça ne l'était pas, mais c'est fini maintenant.

Elle hocha la tête. Puis elle leva les yeux vers eux.

— Vraiment ? Vous avez trouvé le bateau de pêche sur lequel j'étais ?

— Oui, mais il était en train de couler et il était vide.

— Mince. Donc ils sont toujours là et essaient toujours de faire de gros dégâts ?

— On s'en occupe, dit fermement Mason. C'est notre travail. On s'en occupe.

Hawk ajouta :

— Et toi, c'est quoi ton boulot, Mia ?

Elle eut un demi-sourire.

— De guérir. Et de rester là où on m'a mise.

Les autres rirent. Hawk se leva.

— Je reviendrai plus tard et…

Il jeta un coup d'œil par la fenêtre puis revint vers elle.

— S'il te plaît, reste en sécurité.

Et ils partirent.

Elle se recoucha, les larmes aux yeux, mais elle refusa de les fermer. Elle aurait vraiment voulu qu'il l'embrasse pour lui dire au revoir.

Puis il revint rapidement et l'attrapa, l'embrassa assez fort pour faire mal, mais assez doucement pour ne pas s'en soucier, avant de la reposer sur le lit et de lui dire :

— Reste en sécurité.

Elle soupira joyeusement. Son monde était sacrément

rose en cet instant.

IL MARCHAIT DANS le couloir, l'esprit occupé par Mia. Bon sang, elle s'était faufilée dans son cœur et y avait élu domicile. Il ne s'y attendait pas. La profondeur, la puissance de tout cela l'avait mis sur la touche.

Les autres l'attendaient au bout du couloir. En souriant.

Il les regarda fixement.

Leurs sourires s'élargirent.

Il n'y avait que Mason qui avait un air de commisération sur le visage. Il le confirma en disant :

— Tu pourrais aussi bien céder, tu sais.

— Céder à quoi ? grogna-t-il, sachant très bien de quoi Mason parlait, mais ne voulant pas le reconnaître.

— À ce que tu ressens. C'est fini.

— Non, ça ne l'est pas, dit-il, surtout pour la forme.

Les autres ricanèrent.

— Crois-moi, dit Mason. C'est fini.

Hawk glissa un regard en coin à son ami.

— Tu penses ?

Le sourire sur le visage de Mason donna envie à Hawk de vivre la même chose. L'avait-il ? Il n'y avait aucun doute que Mia était là, dans son cœur. Pouvait-il imaginer sa vie sans elle ? Bien sûr que non. Mais c'était arrivé trop vite. Comment cela pouvait-il être réel ? Pouvait-il y croire ?

— Cette partie est terminée, dit Mason. Le reste ne fait que commencer.

Swede dit :

— Les deux tourtereaux, il faut que vous vous mettiez dans le bain. Et Hawk, était-il sage de ne rien dire à Mia ?

Hawk haussa les épaules.

— Je ne sais pas. Elle a déjà traversé tellement d'épreuves. En plus, on lui a dit qu'on avait trouvé le bateau en train de couler.

— Oui, mais pas que tout le monde à bord avait été abattu.

— Je ne voulais pas accroître ses inquiétudes.

— Pourtant, elle doit savoir que les joueurs ont changé, dit doucement Shadow.

— On la laisse en dehors de tout ça à partir de maintenant, dit Hawk, détestant le doute, l'inquiétude qui le rongeait.

Elle était en sécurité maintenant.

— Elle est en sécurité ici, normalement, ajouta-t-il.

— Nous savons pertinemment que ce n'est pas certain, dit Swede. Regarde ce qui est arrivé à Tesla.

— Peut-être, mais personne ici ne peut être impliqué dans un complot terroriste comme celui-ci, dit Mason d'une voix dure. Je refuse de croire ça.

— Il suffit de ne pas être aveugle pour voir la vérité, dit Swede. D'ailleurs, ils ne la garderont pas ici. Elle va être transférée dans un hôtel dans les heures qui suivent. Vous le savez.

— Alors je dois m'assurer que je suis dans le même hôtel, dit Hawk.

Il regarda Mason.

— Déplaçons-la dans un endroit sûr maintenant.

— Elle a besoin d'un garde.

Il hocha la tête.

— Ce serait plus facile. On peut se relayer et garder un œil sur elle.

— On aurait dû le faire depuis le début.

— Non, elle avait besoin d'un traitement. Maintenant,

elle a besoin de rester en sécurité. Cachée. Ça signifie lui trouver un endroit sûr.

— Je m'en occupe, dit Cooper en les rejoignant.

Il les avait attendus dehors. Le pauvre Cooper était toujours écarté du service actif, mais était un don du ciel pour gérer les petits détails.

— Je vous enverrai les détails dans une heure.

Laissant cela entre les mains de Cooper, Hawk ramena les autres dans la baie. Pour trouver l'homme qui avait réussi à tuer tous ceux qu'il avait engagés jusqu'à présent.

Il était maintenant seul et en mission.

Une mission à laquelle ils devaient mettre fin.

Sur-le-champ.

CHAPITRE 21

MIA SE RETROUVA deux heures plus tard dans une chambre d'hôtel, quelque part en ville. Elle ne savait même pas où. Cooper, qu'elle n'avait jamais rencontré, mais dont Hawk s'était porté garant, avait pris toutes les dispositions. Des vêtements avaient été fournis, y compris une chemise de nuit légère. Elle ressentait une douleur atroce, mais elle était dans un lit douillet, et les analgésiques lui faisaient oublier tout le reste.

Elle voulait juste se blottir et dormir. Et c'est ce qu'elle fit, puis elle se réveilla, utilisa les toilettes et se recroquevilla pour dormir encore.

Quand le soleil de l'après-midi se glissa à travers la fenêtre lumineuse, elle était encore somnolente, mais commençait à se sentir humaine.

Presque.

Elle essaya de se lever, mais marcher dans la pièce pour explorer les environs excédait ses forces, et elle se recoucha.

Cette fois, elle ne put se rendormir.

Et elle avait une faim de loup. On frappa à sa porte.

Elle se figea, puis se secoua pour sortir de sa rêverie, attrapa la robe de chambre assortie à sa nuisette et s'approcha pour regarder à travers le minuscule judas.

Hawk.

Elle déverrouilla rapidement la porte et le laissa entrer.

Il avait l'air épuisé, mais transportait quelque chose qui sentait très bon.

Elle lui prit le sac, craignant qu'il ne le fasse tomber, puis fit un signe de tête en direction du salon.

— Vas-y. On dirait que tu vas t'endormir.

Il hocha la tête.

— Je pourrais, mais j'ai besoin d'une douche d'abord.

Il commença à enlever sa chemise et la laissa tomber, puis retira sa ceinture, suivie de ses chaussures et de son pantalon. Chaque vêtement tombait dans le couloir ou le salon au fur et à mesure qu'il avançait dans la suite. Au moment où il atteignit la porte de la salle de bains, il ne portait plus qu'un caleçon. Puis il disparut de la vue.

Zut.

Elle se dit qu'elle ne devait pas être trop blessée si elle était plus préoccupée par la vue de ces fesses musclées que par la nourriture dans ses mains.

Mais elle pouvait entendre l'eau et réalisa qu'il était maintenant nu et… sous l'eau.

Si elle avait su quelle était leur relation, si elle avait su qu'elle serait la bienvenue, elle aurait pu entrer dans la douche avec lui. Considérant les dommages causés à son propre corps et sachant à quel point elle était laide et malmenée, elle se dit qu'il pouvait prendre cette douche seul. Peut-être qu'elle pourrait le rejoindre la prochaine fois.

Elle posa la nourriture sur la table et ramassa rapidement les vêtements de Hawk, les plia et les empila sur la petite chaise, l'esprit occupé par l'image de l'eau ruisselant sur son magnifique corps. Se donnant une secousse mentale, elle reporta son attention d'un appétit à l'autre.

De la nourriture chinoise. Elle sourit. Sa préférée. Le savait-il ? Selon les amateurs de théorie du complot, les militaires savaient tout. Y compris vos plats préférés.

Bien. Elle était affamée.

Sa bouche était encore douloureuse, elle savait qu'elle allait manger lentement et devait faire attention à ne pas se mordre les lèvres. Elles étaient horriblement enflées.

Il était probable qu'elles le seraient encore pendant quelques jours.

Elle trouva deux assiettes dans le sac ainsi que des serviettes. Elle commença à servir le mélange de nourriture, son estomac gémissant de joie à l'idée de ce qui allait suivre. Ça avait l'air délicieux. Et il en avait acheté assez pour toute l'équipe SEAL.

Bien sûr, elle pourrait manger leur part aussi.

Elle comptait attendre qu'il la rejoigne, mais elle ne pouvait pas s'arrêter de grignoter. Finalement, elle entendit la porte s'ouvrir et Hawk, vêtu d'une serviette, rafraîchi mais clairement épuisé.

Mais cette fichue serviette gâchait une sculpture de beauté. Elle força son regard à revenir sur l'assiette devant elle.

— Tu crois que tu peux manger, ou tu as besoin d'aller au lit… de dormir, se corrigea-t-elle rapidement.

Il s'assit sur la chaise à côté d'elle et laissa échapper un long soupir prudent.

— On va d'abord essayer de manger.

Mais son regard ne quittait pas son visage.

Troublée, elle attrapa son assiette et la lui tendit.

— Tiens. C'est délicieux. Merci beaucoup pour la nourriture.

— C'est Cooper qui l'a commandée et qui l'a récupérée avant de venir me chercher.

Elle hocha la tête.

— Il a bon goût.

Hawk regarda la nourriture dans son assiette puis commença à manger.

Comme elle, il semblait être prêt à engloutir rapidement toute l'assiette. Et bizarrement, c'était de voir à quel point il était affamé qui aida Mia à ralentir. Elle se pelotonna avec ses genoux sous elle et mangea lentement, tout en gardant un œil sur lui.

— C'était nul, n'est-ce pas ?

Il fit une pause, s'enfourna la fourchette dans la bouche et hocha la tête.

— C'était nul.

Il ne dit rien de plus. Elle réfléchit, réalisant que non seulement personne ne savait grand-chose des SEAL, mais que personne n'en parlait, sauf à voix basse. Des trucs d'espions super secrets. Elle sourit à cette phrase, mais comprit que la vie avec Hawk signifiait souvent ne pas parler de son travail parce qu'il ne le pouvait pas. Et cela devrait lui aller à elle aussi.

Considérant que l'option était de ne pas avoir Hawk dans sa vie du tout, ça lui irait.

Il rentrerait à la maison quand il le pourrait. Il lui parlerait quand il le pourrait. Et le reste du temps, elle lui ferait confiance pour faire de son mieux assurer sa propre sécurité. C'était tout ce qu'elle pouvait demander. Cela valait la peine pour avoir une vraie relation.

Elle lisait les lignes d'un contrat qui n'existait pas encore.

Il posa finalement son assiette vide et s'adossa avec un soupir de satisfaction.

— Tu te sens mieux ? lui demanda-t-elle doucement, en picorant à présent délicatement sa nourriture.

— Oui, dit-il en faisant un signe de tête vers son assiette à elle. Tu vas finir ?

Elle rit.

— Oui, mais il y en a encore dans les barquettes.

Il regarda les récipients avec intérêt, puis secoua la tête.

— Plus tard. Je me resservirai plus tard.

Plus tard ? Qu'est-ce que ça voulait dire ? Après s'être habillé ? Après une sieste ? Plus tard ce soir, comme au milieu de la nuit ? Elle avait perdu la notion du temps, et n'avait aucune idée de la date.

— Avez-vous fait savoir à mon père que j'étais en sécurité ?

— Oui, et à Eva. Personne d'autre n'est au courant.

— Personne d'autre ne compte, dit-elle. Merci.

— En fait, ton père m'appelait toutes les deux heures.

Hawk sourit soudainement, comme un gamin.

— J'étais heureux de pouvoir enfin lui dire quelque chose.

— Il n'a plus que moi maintenant, dit-elle doucement. Ma mort l'aurait détruit.

— Pas seulement lui. Tu es devenue l'incarnation de l'innocence aux yeux du monde. Les médias vont se jeter sur toi quand tu referas surface.

— C'est injuste. Je ne suis rien pour personne. Je suis juste moi.

Elle hésita puis finit par demander :

— Avez-vous trouvé les hommes ?

Il fronça les sourcils, baissa le regard.

— Bon sang. Ils sont toujours là, n'est-ce pas ?

— Il y a bien quelqu'un. Mais les hommes sur le bateau qui te retenait captive, ils étaient morts quand on s'en est approché. Quelqu'un était déjà en train de régler les détails et s'était chargé de les éliminer lui-même.

Quoi ? Le choc la réduisit au silence. Puis elle se risqua à demander :

— Et la bombe ?

— Disparue, mais il y avait assez de preuves pour comprendre qui est derrière tout ça, dit-il calmement. Mais on ne l'a pas encore trouvé. On avait une adresse, mais on n'a trouvé que d'autres corps.

Elle le fixa.

— Le chef est vraiment en train de tuer tout le monde ?

Il hocha la tête.

— On pense que oui. Moins d'hommes qui risquent de trop parler, de cette façon.

— Vous pensez toujours qu'il a l'intention de faire sauter le Golden Gate Bridge ?

— C'est un terroriste, donc il n'y a aucun moyen d'en être sûr, mais les cartes qu'on a trouvées sur le bateau indiquent qu'ils en avaient en fait après le pont de la baie d'Oakland et non le Golden Gate comme on l'a d'abord pensé.

— Oh Seigneur !

Elle termina lentement son assiette.

— Donc tout le travail que vous avez fait jusqu'ici n'a servi à rien.

— Pas vraiment. Je pense qu'il utilisait les hommes et le bateau de pêche comme un galop d'essai pour comprendre le genre de problèmes qu'il rencontrerait lors de sa véritable expédition.

— Révoltant.

— Mais typique.

— Donc maintenant les deux ponts doivent être gardés.

Il sourit.

— Absolument.

Elle secoua la tête, posa son assiette vide sur la table basse et reprit son siège. Elle détestait cette soudaine gêne entre eux.

— Viens ici.

Sa tête se leva et elle la regarda fixement. Il avait les bras ouverts. Elle rétrécit son regard et demanda avec méfiance :

— Pourquoi ?

— Parce que tu en as envie.

Bon sang, il était imbu de lui-même. Mais il avait raison. Elle en avait envie.

Elle se redressa, se leva, fit les deux pas vers lui et s'arrêta. Il lui fit signe de s'asseoir sur ses genoux. Elle rit.

— Vraiment ? Tu veux des câlins ? Je pensais que tu serais prêt à aller au lit maintenant, gronda-t-elle.

— Et peut-être que je le suis, dit-il en l'attirant sur ses genoux. Mais c'est bon de te tenir. Juste de se câliner et de se rappeler pourquoi la vie est si précieuse.

Lovée dans ses bras, les mains posées contre la chaleur de sa poitrine nue, elle dit :

— Tu as raison. J'ai beaucoup pensé à ça ces derniers jours.

— C'est ce que frôler la mort peut provoquer.

— Ça t'est déjà arrivé ?

Il l'entoura de ses bras et la serra contre lui.

— Oui, ça m'est arrivé. Et il y a eu des jours chauds et ensoleillés où je me suis demandé ce que je faisais ici. Ou pourquoi j'étais arrivé sur cette planète, déjà. Et je me suis souvent demandé s'il y avait plus pour moi ici-bas.

Il fit un demi-sourire.

— De profondes pensées philosophiques pour un militaire, non ? rit-il.

— Pas du tout. Dans votre travail, vous avez affaire à beaucoup de choses désagréables. Et à beaucoup plus de morts que la plupart des gens.

Elle s'approcha pour caresser doucement le côté de son visage.

— C'est normal que vous ayez des pensées plus profondes que la plupart des gens.

— Je suppose, dit-il en souriant. Et qu'est-ce qui t'a rendue si mignonne ?

— Je ne suis pas mignonne. Je me tiens en retrait. Timide. Incertaine. Refermée même. J'ai du mal à aller de l'avant. Je ne me vois pas jouer un rôle important dans la vie.

Elle se fit taper sur le nez. Elle rit.

— Et j'ai souvent pensé exactement la même chose que toi. Je me suis demandé quel était mon but dans la vie. Si j'en avais un, ajouta-t-elle.

— Bien sûr que tu en as un, dit-il avant de déposer un baiser sur son front. On en a tous un. Il faut juste à certains d'entre nous un peu plus de temps pour le trouver.

— As-tu l'impression de l'avoir trouvée ? Ta place dans le monde ?

— Oui, mais je me suis aussi demandé ce qu'il y a d'autre, comme je l'ai dit. Une partie de moi a l'impression qu'il manque quelque chose.

— Un manque ?

Elle se retourna pour le regarder, appuyant son bras sur sa poitrine.

— Ou… un vide ?

— C'était très intuitif de ta part.

Il pencha la tête en arrière et fixa le plafond.

— Mais tu as raison. J'ai été seul, je me suis beaucoup amusé, j'ai eu beaucoup de femmes, mais dernièrement…

— Ce n'est plus pareil.

— Non. Plus du tout. Et maintenant je sais pourquoi.

Il la ramena contre sa poitrine et déposa un doux baiser sur son front. Et un autre sur son nez. Puis un sur chaque joue. Elle ferma les yeux et se détendit contre lui tandis qu'il embrassait ses paupières closes, d'abord l'une, puis l'autre.

Une paix qu'elle n'avait jamais connue descendit sur elle. Elle blottit sa tête dans le creux de son cou et ferma les yeux. Comment un homme si fort, si puissant à bien des égards, pouvait-il être si tendre ?

Elle ne savait pas, mais elle aimait qu'il puisse l'être.

Et elle avait peur qu'il soit difficile d'éviter de tomber amoureuse de lui.

Si ce n'était pas déjà fait.

MAINTENANT, C'ÉTAIT BEAUCOUP mieux.

Elle dormait d'un sommeil angélique. Des respirations profondes, calmes et relaxantes, son corps se relâchant pour se reposer… et guérir. Elle était loin d'être en pleine forme, mais elle était sur le bon chemin.

Il savait qu'il devait se lever et la mettre sur le lit pour qu'elle puisse dormir correctement, mais c'était tellement agréable de simplement la tenir !

Son corps désirait tellement plus. Après une journée pourrie succédant à plusieurs autres journées pourries, il avait envie de quelque chose qui mérite de se réjouir. Elle était saine et sauve et c'était énorme, mais il voulait un engagement oral pour ne plus avoir à douter un instant qu'elle soit à lui dans tous les sens du terme – voilà une fin qu'il pouvait souhaiter.

C'était triste de penser qu'il en était arrivé là.

Ou peut-être pas.

Son ange bougea dans ses bras, essayant de se mettre à

l'aise. Cela devait être impossible. Ses instincts protecteurs se réveillèrent, il l'ajusta dans ses bras, se leva et la porta jusqu'à son lit. Heureusement, les couvertures étaient encore en désordre, il put la coucher sur les draps, réussissant à enlever le peignoir et à la couvrir. Mais il n'était pas question qu'il la laisse dormir seule.

Pas fatigué comme il l'était. Il fit le tour et se glissa sous les couvertures de l'autre côté. Il avait perdu sa serviette quelque part pendant le trajet, et ça lui convenait. Il dormait toujours nu.

Elle se blottit instinctivement contre lui. Il l'attira plus près. Elle se colla contre lui.

Il sourit, et comblé pour la première fois depuis long-temps, il dormit.

CHAPITRE 22

ELLE SE RÉVEILLA dans une fournaise. C'était la seule façon dont elle pouvait décrire l'énorme chaleur qui émanait de Hawk. Elle était encore à moitié endormie, son bras replié contre sa poitrine, sa jambe passée en travers des siennes pour la maintenir en place.

Ils étaient tous les deux enlacés dans le lit.

Sympa.

Sa respiration était lente et profonde. Il avait été mis à rude épreuve ces derniers jours. Elle était navrée d'y avoir participé mais sacrément heureuse qu'il l'ait sauvée. Il y avait pire scénario pour une femme que de se blottir contre son héros.

Elle ne put s'empêcher de sourire. Elle doutait que Hawk puisse se considérer comme un héros. Mais il en était un, jusqu'à l'air ténébreux de son visage. Des mèches sombres tombaient sur son front et lui donnaient envie de les repousser, mais elle ne voulait pas le déranger. Malheureusement, Mère Nature l'appelait. Elle se glissa hors du lit pour aller aux toilettes.

Quand elle revint dans le lit, il tendit la main et l'attira plus près.

— Où étais-tu ? murmura-t-il d'une voix endormie.

— Je devais aller aux toilettes.

Il ouvrit les yeux. Il prit un moment pour évaluer son

environnement, le timing, le moment, elle pouvait presque entendre les réponses se mettre en place dans son cerveau, avant qu'il ne reprenne rapidement conscience.

Puis il roula au-dessus d'elle, le poids sur ses coudes, s'installant exactement au bon endroit. Et la fixa du regard.

Elle retint son souffle quand son érection toucha sa peau sensible. Oh Seigneur ! Elle pouvait sentir son corps sur le point de pleurer de joie. Elle glissa ses mains sur sa poitrine, son regard rivé au sien.

Elle attendit, alors qu'il scrutait son visage comme s'il cherchait quelque chose. Elle voulait qu'il trouve ce dont il avait besoin, mais elle n'en avait aucune idée.

— Hawk ?

— Hmmm ?

Il baissa la tête et déposa de légers baisers tendres sur son visage bouffi et elle réalisa ce qu'il cherchait, la guérison. Des signes qu'elle allait bien. Qu'elle avait retrouvé des forces. Qu'elle était prête pour ça.

— Je ne vais pas me casser en deux, tu sais.

Sa bouche se retroussa.

— Tu l'as déjà prouvé plusieurs fois.

Elle rit.

— Eh bien, j'ai peut-être eu un ou deux os cassés, mais… je me sens beaucoup mieux maintenant.

— Ça n'aurait jamais dû arriver.

— Peut-être pas et peut-être que si. Si ça nous a amenés ici, à cet endroit… en ce moment… ça me va.

Elle devina son étonnement en réponse et vit la surprise éclairer son regard sombre. Était-elle allée trop loin ?

— J'aurais fait n'importe quoi pour te sauver, murmura-t-il, son souffle chaud baignant son visage tandis qu'il embrassait sa pommette, son contact doux comme une plume.

Son autre joue reçut également un baiser.

Une vague d'émotion la traversa, et elle se leva pour l'entourer de ses bras et le serrer contre elle.

— Aime-moi, demanda-t-elle. Au moins pour aujourd'hui. Pour un petit moment.

Effrayée d'entendre sa réponse, elle se déplaça pour pouvoir l'embrasser. Elle ignora sa bouche douloureuse et ses lèvres gonflées. Et elle l'embrassa. Elle essaya de faire remonter toute la douleur et le désir qu'elle avait gardé en elle pendant si longtemps. Pour qu'il sache combien il l'avait touchée. À quel point il l'avait fait devenir bien plus qu'elle n'était. Qu'il avait été là pour elle quand elle était perdue sans savoir qu'il l'avait sauvée plusieurs fois.

Quand elle voulut reculer, elle réalisa qu'il ne la laissait pas partir, il l'embrassa en retour aussi longtemps et aussi profondément qu'elle l'avait fait.

Pour la première fois depuis le début de sa vie, elle s'abandonna à cette étreinte et se laissa aller.

Pour la toute première fois, elle se laissa pleinement aller.

Elle le laissa faire ce qu'il voulait, comme il voulait, puis elle fit ce qu'elle voulait. Comme elle le voulait. Au moment où il fut prêt à la pénétrer, elle trembla d'émotion, frissonnant sous l'effet de la douleur et de la joie qui traversaient déjà son corps alors qu'il la maintenait au bord du précipice.

Il entra lentement comme s'il voulait être sûr de ne pas la blesser. Et il ne le ferait pas. Jamais. Elle le voulait. Mais sans se retenir. Elle voulait tout de lui, maintenant.

— Hawk ! cria-t-elle Maintenant.

Son rire malicieux la fit se retourner, son corps se cambrant pour recevoir tout ce qu'il avait à donner. Elle tendit le bras et essaya de le tirer vers elle. Mais il résista. Au lieu de cela, il changea de position et la tira vers l'avant sur ses cuisses, puis attrapa ses hanches pour la serrer contre lui pendant qu'il s'enfonçait plus profondément.

Elle cria quand il la toucha son intimité la plus profonde.

— Est-ce que je te fais mal ? demanda-t-il, la voix rauque, gutturale.

Un rire s'échappa. Serrant le ventre, elle se redressa et glissa les bras autour de son cou, comprenant maintenant pourquoi il avait hésité auparavant. Ses côtes et sa clavicule étaient fêlées. Elle sourit contre ses lèvres.

— Et si je montais sur toi ?

Il s'appuya sur ses mains quand elle commença à bouger.

— J'adorerais, dit-il dans un murmure fervent. Encore mieux, j'adorerais te voir aimer ça.

Son rire résonna librement alors qu'elle s'accrochait à ses épaules et les emmenait tous les deux au bord de l'orgasme ; elle fit une pause ; il gémit – et elle bougea plus vite.

Il s'agrippa à ses hanches et martela vers le haut.

Et la propulsa au septième ciel. Elle cria, se cambrant en arrière.

Il ne perdit jamais le rythme, son souffle était fort et ra-pide, et dans un vigoureux coup de reins, sa semence se déversa dans son giron.

Des tremblements parcoururent sa peau alors qu'il la reposait doucement sur le lit, une fine brume entourant à leurs deux corps d'une lueur chaude.

Elle aurait voulu faire des commentaires, mais n'en avait pas l'énergie. Elle était sacrément fatiguée. Comment cela se faisait-il ? Elle aurait dû être pleine d'énergie. Et elle l'était, mais elle avait aussi envie de fermer les yeux et de se reposer.

— Dors. Je vais nous trouver du café.

— Parfait, chuchota-t-elle.

— Non.

Il se pencha sur elle en remontant le drap contre sa poitrine.

— C'est toi qui es parfaite.

Elle s'endormit avec un sourire sur le visage.

— Tellement parfaite, murmura-t-il à voix basse en restant debout un moment de plus que nécessaire. Il se força à se détourner et à s'habiller. L'urgence le tenaillait. Il était en retard. Il le savait. Il n'était jamais en retard. S'il l'était aujourd'hui, les gars sauraient pourquoi. Zut. Puis il s'arrêta. Bien sûr qu'ils le sauraient. Et cette fois, il voulait qu'ils le sachent.

Oui, il la gardait.

Mais ils avaient intérêt à ne pas lui lancer de sourire en coin. Et à ne rien faire qui risque de la mettre mal à l'aise. Puis il soupira. Ils ne le feraient pas. Pas ces gars-là. Pas avec la copine de quelqu'un. Du moins, pas avec une femme sérieuse et spéciale comme Mia.

Il avait de la chance.

Et il n'allait pas agir comme un idiot.

Il ne savait pas ce qu'était l'amour, surtout qu'il n'avait jamais été amoureux auparavant. Mais si vouloir l'emmener sur une île déserte pour le garder en sécurité, pour qu'elle puisse avoir ses enfants et être sa seule compagne pour le reste de sa vie n'était pas de l'amour, il ne pouvait pas imaginer ce qui le serait.

Son téléphone sonna.

Il regarda le numéro. Cooper.

— Je suis prêt.

Et avec un dernier regard vers la chambre, il sortit.

Il n'avait aucun moyen de savoir s'il serait en mesure d'y revenir un jour.

Dans la voiture, il dit à Cooper :

— Si tu as le temps… il s'interrompit.

— Je m'en occupe.

Hawk hocha la tête.

— Merci.

— Pas besoin de remercier. On l'aime tous. Tu es un homme chanceux, Hawk.

Il sourit.

— Oui, et je le sais.

Cooper entra dans le hangar à ce moment-là. Hawk sortit, prêt à commencer sa journée.

CHAPITRE 23

ELLE SE RÉVEILLA avec un sourire sur le visage.

Jusqu'à ce qu'elle réalise que la chambre d'hôtel était vide.

Hawk était parti.

Il avait parlé d'un café. Combien de temps ça prenait ? Commander un petit service d'étage ? Se faufiler jusqu'au café du coin ?

Elle n'en avait aucune idée. Mais il y avait quelque chose de terriblement définitif dans ce vide.

La peur s'immisça dans son cœur. Avait-il voulu revenir et quelque chose l'en avait-il empêché ? Quelque chose lui était-il arrivé ? Non, c'était un SEAL. Si quelqu'un pouvait prendre soin de soi, c'était lui.

Elle contint sa peur. C'était sûrement quelque chose de tout bête – il avait peut-être été appelé ailleurs. C'était la seule possibilité. Il y avait une attaque terroriste imminente. La nuit dernière avait été volée.

Elle se leva et se doucha, passant lentement le savon sur son corps, revivant leur nuit d'amour. C'était un amant magistral. Expérimenté. Mais plus que ça, il était si attentionné ! Il lui donnait l'impression d'être la seule femme de sa vie.

Bien sûr, il ne lui avait jamais parlé de lendemain ni même d'aujourd'hui, pas plus qu'elle ne l'avait fait après sa propre question – à laquelle elle ne lui avait pas laissé la chance de répondre.

Elle s'était dit qu'il répondrait ce qu'elle voulait entendre. Et elle ne voulait pas de ça. Elle ne voulait pas qu'il mente. Elle n'aurait pas non plus voulu que quoi que ce soit trouble la magie du moment.

Elle aurait manqué quelque chose de merveilleux sinon. Maintenant, elle ne pouvait s'empêcher de penser à ses mains qui avaient glissé sur sa peau, à la sensation de ses lèvres qui avaient exploré ses côtes ou aux os qui couraient le long de sa colonne vertébrale. Y avait-il un morceau de peau qu'il n'ait pas touché ? Elle fit bouger son cou, soulageant sa raideur. Elle avait tellement dormi que son corps lui faisait mal à des endroits dont elle avait oublié l'existence. Mais encore une fois, elle ne pouvait sûrement pas blâmer son sommeil pour cela. Hawk avait été sauvage et créatif. Et tellement fort !

Elle poussa un soupir de satisfaction, se shampooina une nouvelle fois les cheveux et laissa l'eau couler sur sa tête jusqu'à ce qu'elle redevienne claire. Quand elle eut enfin terminé, elle sortit de la douche et s'enveloppa dans une serviette.

Le miroir attira son attention. Un visage étincelant lui apparut. Un visage bien-aimé. Ou plutôt, un visage bouffi bien-aimé. Elle rit.

La plupart des gonflements avaient disparu, laissant son visage presque normal, maintenant. Ses lèvres étaient encore enflées, mais c'était peut-être dû aux baisers de Hawk.

Bientôt, les traces de ce qu'elle avait traversé seraient indiscernables.

Et elle pourrait retourner à une vie normale.

Quoi que cela signifie.

Elle se dirigea vers son lit et s'assit au bord. Tout cela

avait-il de l'importance ? Elle allait rentrer chez elle et recommencer à aiguiser ses compétences en recherche et sauvetage.

Mais cela semblait si peu maintenant ! Comme une ancienne vie, pas celle qu'elle se serait choisie. Mais elle ne savait plus ce qu'elle voulait.

C'est parce qu'elle n'était plus la même personne. Ces événements avaient changé sa vie.

Alors que voulait-elle ?

Elle s'effondra sur le lit et se demanda ce qu'elle aimerait faire si n'importe quoi était possible.

Elle aimerait reprendre la photographie. Elle avait arrêté parce que cela ne semblait présenter que peu d'intérêt. Ou peut-être que la vérité était qu'elle manquait de confiance. Elle n'en avait rien fait et avait montré à très peu de gens les photos qu'elle avait prises. Mais elle aurait pu. Certaines étaient merveilleuses, du moins à ses yeux. Dans ses rêves, elle aimerait produire des *coffee table books*. Beau concept. Mais peu efficace pour payer les factures. De plus, elle n'emportait son appareil photo qu'en voyage. Elle pouvait difficilement voyager juste pour prendre des photos – ou bien se trompait-elle ?

Peut-être qu'elle voulait juste faire plus. Aider Eva avec les animaux était sympa, car ils étaient géniaux, mais c'était le rêve d'Eva, pas celui de Mia.

Et le monde avait changé. Peut-être que créer des beaux livres était réalisable, mais ils ne seraient pas des best-sellers.

Elle fronça les sourcils. Elle ne savait même pas où était son appareil photo. Elle avait traversé tellement d'épreuves qu'elle n'en avait plus aucune idée. Elle l'avait quand elle faisait de la spéléologie. Puis elle a reçu le message sur la mort de son père et tout ce qui avait suivi avait été une tempête ne laissant que le vide sur passage.

Elle ne savait plus. Son appareil était-il revenu avec leur équipement ? Et si oui, contenait-il quelque chose qu'elle pourrait utiliser ?

Elle se leva et s'habilla avec les vêtements que quelqu'un avait pris le temps d'acheter pour elle et fit le lit. Hawk avait promis du café, mais il n'y en avait pas. Elle n'avait pas l'esprit tranquille. Où était-il allé ? Et allait-il revenir ?

Un coup à la porte la fit sursauter. Elle se figea, puis courut vers la porte. Hawk ?

Elle l'ouvrit sans regarder par le judas. Elle se dit instinctivement qu'elle avait commis une erreur.

Puis elle reconnut l'homme en face d'elle.

Cooper. Hawk avait parlé de Cooper qui n'était pas en service actif car il se remettait d'un accident. Apparemment, il était heureux de jouer les infirmiers pour elle, tenant un café et un sac à emporter d'une boulangerie locale.

Son visage se décomposa. Elle fit un pas en arrière et ouvrit la porte plus grand.

— Salut Cooper.

Elle esquissa un sourire pour l'homme qui avait si bien su réorganiser sa vie.

— Toujours à l'heure.

— En fait, je suis un peu en retard. Désolé.

Il entra et lui tendit le café et le sac.

— Petit déjeuner pour toi.

Elle accepta les deux et se pencha en avant pour l'embrasser sur la joue.

— Merci.

Puis elle fit un geste vers le canapé.

— Tu peux rester ?

Il secoua la tête.

— Pas longtemps.

Elle hocha la tête et ouvrit le sac. Elle lui adressa un grand sourire en voyant les beignets.

— Vraiment ? Tu les as trouvés ici ?

Il rit.

— Je ne les ai certainement pas fait venir par avion de La Nouvelle-Orléans.

Elle enleva le couvercle du gobelet et renifla l'infusion chaude et enivrante.

— C'est divin. Merci beaucoup.

Elle lui fit signe de s'asseoir.

— Tu me stresses, à rester debout. Est-ce que tout va bien ?

Il sourit, mais son visage était terne.

— Bien sûr.

Elle roula les yeux.

— Encore un truc super secret d'espion.

Avec un grand sourire, il dit :

— Pas tout à fait.

Le beignet était trop alléchant pour résister. Elle prit une grosse bouchée, envoyant du sucre en poudre partout. Elle gloussa.

En jetant un coup d'œil sur lui, elle vit son regard inquiet. Elle fit lentement descendre la friandise au fond du sachet et la posa.

— Qu'est-ce qui se passe ? Est-ce qu'on l'envoie quelque part ?

Cooper secoua la tête.

— D'accord, on l'envoie, mais tu ne peux pas en parler, et ce n'est pas pour ça que tu es inquiet.

Il haussa les deux sourcils.

Elle s'affaissa.

— On me renvoie chez moi, n'est-ce pas ?

Cette fois, il sourit.

— Ne pense pas que tu es renvoyée chez toi. Considère plutôt que tu rentres chez toi pour te mettre à l'abri.

— Et pourtant c'est là-bas que j'ai été kidnappée.

Il hocha la tête.

— On sait. Tu peux rester ici, bien sûr. Personne ne t'y oblige, mais à notre avis, tu devrais être chez toi avec ton père.

Elle hocha la tête.

— Il est temps, je suppose.

Elle y avait pensé un moment plus tôt, mais en espérant contre toute attente qu'Hawk passerait la porte en courant pour lui demander de rester avec lui pour toujours. Elle était idiote. Il ne dirait jamais ça.

— J'ai un problème.

Il fronça les sourcils.

— Lequel ?

— Je n'ai aucun moyen de rentrer chez moi.

Elle baissa les yeux sur les vêtements qu'elle portait.

— Et c'est toi qui m'as fourni ça ? Si oui, merci.

Il hocha la tête.

— Ils te vont bien. Et merci à Hawk, il m'a donné la taille et m'a dit quoi prendre.

Bien sûr. D'une certaine façon, ses années d'expérience avec les femmes l'avaient doté d'un regard exercé pour savoir exactement quelle taille elle portait.

Très bien.

Il n'y avait aucune raison de rester maintenant. Si Cooper disait qu'il était temps de rentrer, alors Hawk ne reviendrait pas.

Elle resterait pour rien.

Et dans ce cas, elle préférait rentrer chez elle.

— Je pourrais partir tout de suite si j'avais un moyen de

rentrer chez moi.

— J'espérais que tu dirais ça.

Elle leva les sourcils et le regarda par-dessus la tasse.

— Ton père est en route, dit-il. Pour venir te chercher.

IL POUVAIT SENTIR les autres hommes le regarder. Il aurait voulu dire quelque chose, mais ne réussissait pas à nommer ce qui lui arrivait. Dommage. Cela aurait apaisé la tension autour d'eux. Que voulaient-ils qu'il fasse ? Elle devait rentrer chez elle. Au moins jusqu'à ce que ce cauchemar soit terminé.

S'il survivait à cette mission, il pourrait revenir la chercher. Peu importe à quel point il envisageait de la garder ce matin, ce n'était pas une bonne idée. Il y avait toujours une autre mission. C'était un travail difficile. Il ne pouvait pas lui en dire beaucoup, et il serait toujours sur la route.

Mais bon sang, c'était une pensée impossible à abandonner.

Ils approchaient du navire qu'ils étaient sur le point d'aborder. Ce n'était pas le moment. Lorsque le navire des garde-côtes dans lequel ils se trouvaient fut en vue, il retira son masque et se glissa par-dessus bord. Ils cherchaient les bombes. L'information était fiable. Mais jusqu'à présent, trouver les marchandises avait été une tout autre histoire.

Et cela pourrait être facile comme cela pourrait être une tempête d'ennuis. Il nagea sous l'avant du pétrolier jusqu'au petit bateau de pêche amarré de l'autre côté. C'était le même que celui où ils avaient sauvé Mia. Pendant que les garde-côtes s'occupaient de l'équipage, son équipe s'occupait de l'équipage de pêche. S'il y en avait un.

Il fit signe à Swede et nagea vers la surface. Il se leva lentement, vérifiant la taille et la largeur du bateau. Il était assez grand et avait un petit élévateur à l'arrière, il aurait pu facilement soulever la bombe. Une fois dans l'eau, il serait facile de traîner le dispositif en position.

Ils avancèrent jusqu'à l'arrière du bateau de pêche et grimpèrent à bord. Il était vide. Ils fouillèrent rapidement. Il y avait des bouts de fils laissés sur place et de la poudre sur le sol. Une table de travail. Des cordes.

Il envoya un message aux garde-côtes sur ce qu'ils avaient trouvé.

Après une autre fouille rapide, ils revinrent sur leurs pas et se glissèrent dans l'eau. Et descendirent tout droit vers les pylônes du pont. Ils restèrent en bas assez longtemps pour que l'air vienne à leur manquer. Ils quadrillèrent l'espace et fouillèrent toute la zone. Et ne trouvèrent rien. De retour à la garde côtière, ils changèrent de réservoir et une deuxième équipe les rejoignit dans leurs recherches. Les garde-côtes naviguèrent jusqu'au rendez-vous suivant. Six heures plus tard, ils avaient vérifié tous les points qu'ils avaient marqués. Et toujours rien.

Énervés et épuisés, ils se réunirent pour réévaluer la situation.

— On ne peut pas l'avoir manqué.

— Non. Donc ce n'est pas là.

Ils se fixèrent l'un l'autre, frustrés.

— Si ce n'est pas là, où est-ce ?

Le téléphone de Mason sonna. La conversation fut courte, explicite. Quand il rangea le téléphone, il dit :

— On en a trouvé un.

Cela déclencha une série de conversations et un autre plan.

Cette fois, le voyage allait se terminer différemment.

CHAPITRE 24

L A VIE À la maison avait un côté différent.

Mia était ravie que son père soit de retour. L'attaque et la perte de son frère l'avaient poussé à s'intéresser de nouveau au magasin. Il l'avait réorganisé après la fin des vandalismes. Bizarrement, il manquait surtout des bonbons et des chewing-gums. Elle avait une petite idée de l'identité des coupables, mais comme elle n'avait pas vu le fils de Tom et son cousin depuis son retour, elle ne pouvait pas en être sûre. Après tout, le père avait été impliqué dans son enlèvement. Qu'il ait eu sa revanche était une chose, mais imaginer que son fils était dans le coup en était une autre. Il y avait aussi un oncle quelque part, mais elle n'avait aucune idée où. Et elle ne voulait pas le savoir.

Tout avait été calme.

Et elle en était soulagée.

— Mia, tu peux amener les chevaux ici. Le maréchal-ferrant va bientôt arriver, appela Eva.

Mia gloussa en voyant les deux Quarter Horses à la retraite qu'Eva accueillait parmi d'autres animaux. Mais Eva avait un cœur aussi grand que le terrain qu'elle possédait et, heureusement pour les animaux, elle en faisait quelque chose – des deux.

Elle se dirigea vers Eva, sachant que les chevaux la suivraient de leur propre chef. C'était de gros bébés qui aimaient être avec leurs amis humains.

Elle ouvrit la barrière et recula pour qu'ils puissent se diriger vers Eva. Tous les animaux l'aimaient. Ils l'avaient toujours aimée. Pour dire la vérité, Mia était légèrement jalouse.

Elle aurait aimé avoir quelque chose à faire. Quelque chose de spécial. Elle voulait vraiment faire de la recherche et du sauvetage à plus grande échelle. Mais pour cela, il fallait quitter Canford. Et elle n'y était pas prête.

Elle observa son amie qui parlait aux chevaux et au lama qui se trouvait de l'autre côté de la clôture. Elle avait une bonne douzaine d'animaux qu'elle accueillait ici. Et beaucoup d'autres qu'elle avait adoptés. Elle était célibataire et semblait se plaire ainsi. Eva disait qu'elle n'avait rencontré personne qui lui donne envie de changer de statut.

Mia disait la même chose jusqu'à ce qu'elle rencontre Hawk. Seulement, celui-ci était un lointain souvenir maintenant. Mais un souvenir qui la faisait sourire. Elle était heureuse qu'il ait fait partie de sa vie, même s'il faisait maintenant partie de son passé.

Son père s'approcha.

— Mia, tu vas bien ?

Elle lui sourit.

— Désolée, je rêvassais.

Il ferma le portail derrière elle et passa un bras autour de son épaule.

— Tu es sûre que ça va ?

— Je vais bien. Je me remets bien.

— Vraiment ?

Il étudia son visage comme s'il cherchait à voir si ses os guérissaient vraiment sous la peau.

— Tes côtes ?

— Ça va mieux, assura-t-elle en marchant devant lui. Comme avant.

— Ce n'est pas vrai.

Elle se tourna pour le regarder.

— Comment ça ?

— Tu es triste tout le temps.

Elle secoua la tête instinctivement.

— Je ne suis pas triste, protesta-t-elle.

Pourtant, elle mentait. Elle le savait, mais comme rien ne pouvait changer la situation, elle était déterminée à aller de l'avant.

— Si, tu l'es. Au début, je pensais que c'était à cause de ce que tu avais traversé. Peut-être que c'est le cas ?

— Peut-être, dit-elle sans s'engager, souhaitant pouvoir changer de conversation avant que son père ne devine la vraie raison.

— Du moment que tu te remets.

Et il se dirigea vers Eva, la démarche instable et guindée. Il utilisait une canne, maintenant, mais c'était mieux que les fauteuils roulants.

— Ce qui est intéressant avec de tels événements, dit-il, c'est qu'ils nous changent pour toujours.

— Ou peut-être juste pour un petit moment, dit-elle avec une gaieté forcée.

— Je l'espère. Tu as assez souffert. Tu mérites d'être heureuse.

Le méritait-elle vraiment ? Elle détestait se sentir coupable d'avoir mentionné le nom de Hawk au jeune « policier » à l'hôpital. Une terrible gaffe. Et elle en avait payé le prix. Mais cela lui avait fait peur. Elle avait survécu, mais qu'en était-il des autres victimes de crimes ? Voulait-elle faire quelque chose de plus pour les aider ? Les questions tournaient dans sa tête comme dans une roue de hamster incessante.

Après qu'ils eurent fini d'aider Eva, son père la déposa à sa caravane.

— J'aimerais que tu reviennes vivre à la maison, dit-il.

— Ça n'arrivera pas, papa.

Elle rit et lui dit au revoir.

Il secoua la tête et démarra en criant :

— Viens dîner demain soir.

— Entendu, répondit-elle en faisant un signe d'au revoir.

Avec un sourire, elle retourna dans sa caravane. Elle aurait pu faire la courte distance à pied depuis la grange, mais son père était plus soucieux de s'assurer qu'elle rentrait saine et sauve. Même si plus grand-chose ne pouvait lui arriver.

Elle était chez elle. Avec un grand sourire, elle regarda le monde qui l'entourait. Les oiseaux chantaient, les branches des arbres se balançaient dans le vent tandis que l'air frais soufflait dans la vallée. C'était une belle journée.

À l'intérieur, elle mit la bouilloire à chauffer. Pendant ce temps, elle enleva sa veste et ses bottes. Le téléphone sonna. Elle répondit et trouva Paul venu prendre des nouvelles.

— J'ai entendu dire que tu étais rentrée saine et sauve.

— Oui, je suis de retour.

— Bien, prête à repartir en spéléologie ?

— Je ne suis pas sûre d'être d'attaque pour ça.

Mais elle devrait l'être. C'était une partie de la promesse qu'elle s'était faite de recommencer à vivre. Elle pourrait faire un parcours de spéléologie. Après tout ce qu'elle avait traversé, ce serait facile.

— Je ne suis pas sûre d'être assez forte physiquement.

— On pourrait faire un parcours en douceur. Aller dans

les deux premières grottes. Essayer un système différent.

— Il faudrait que ce soit court, prévint-elle. Je n'ai pas retrouvé toutes mes forces.

— Bien sûr. Ce n'est pas un problème, dit-il en riant. On pourra toujours te porter dehors si besoin est.

— Il n'en est pas question.

Mais elle gloussa à cette idée.

— Bien, alors demain ? Disons 8 heures du matin ?

— Hum, un peu plus tard. Je ne me lève pas très tôt ces jours-ci.

— D'accord, 9 heures, mais pas plus tard. On ne veut pas rentrer trop tard dans la journée.

— C'est juste une petite excursion, n'est-ce pas ?

— Absolument.

Sur ce, elle raccrocha avec un sourire sur le visage. Elle avait de bons amis. Après son appel, elle avait le sentiment d'être vraiment rentrée chez elle.

— ET MAINTENANT ?

Les hommes se regardèrent.

— Temps de repos et de récupération, dit Swede. On a les bombes, les hommes, mais on a raté le chef.

— Pas pour longtemps. On l'aura, dit Shadow avec son flegme habituel. Mais on a besoin de nouvelles informations.

Et c'était le problème. Ils avaient perdu la trace du chef et de ses sbires, s'il en restait. Le chef de la cellule terroriste avait pris le maquis, mais il avait laissé un tas de cadavres dans son sillage.

La frustration rongeait l'estomac de Hawk. Il voulait que le chef soit capturé, ou mieux encore, mort. Il n'y avait eu aucune piste au cours des quatre derniers jours. Il avait sûrement quitté le pays. Ils devaient savoir où. Jusqu'à présent, tous les lieux indiqués s'étaient avérés vides. Jusquelà, il n'y avait pas de temps mort. Et Hawk ne pouvait pas déterminer si c'était bon ou mauvais.

— Les ordres viennent d'arriver, dit Mason. On va prendre quelques jours de repos. On reviendra à temps pour exploiter les informations qu'ils auront recueillies entretemps.

Hawk fixa Mason.

— Vraiment ?

Mason hocha la tête.

— Je vais passer mes journées aux côtés de Tesla.

Il fit une pause.

— Et toi ?

— Je n'ai pas demandé à Tesla si elle voulait de la compagnie, dit Hawk, feignant de ne pas comprendre.

— Et Mia, elle en veut ?

— Aucune idée.

Il se leva.

— Ce n'est pas mon problème.

Mason hocha la tête.

— Dans ce cas, je peux demander à Swede.

Hawk se figea. Il releva lentement la tête pour regarder Mason, remarquant le sourire en coin sur son visage.

— Pourquoi demander à Swede ?

— Parce que si je comprends bien, les gars ont l'intention de rendre visite à Mia et Eva. Du moins, Swede et Dane.

— Et elles savent qu'ils sont en route ?

Il haussa les épaules.

— J'en doute.

Il aimait les gars, mais il ne leur faisait pas confiance avec les femmes. Ils n'auraient jamais débauché personne, mais ils évoqueraient certainement certaines possibilités.

Il se retourna vers la porte.

— Donc tu viens nous rendre visite à Tesla et moi ou bien tu…

Mason s'arrêta et leva un sourcil à l'adresse Hawk.

— Zut.

Hawk lui lança un regard dégoûté.

— Tu sais exactement ce que je vais faire.

Il fouilla dans sa poche et en sortit ses clés.

— Dis bonjour à Mia. Tesla et moi viendrons vous rendre visite dans les prochains jours, dit Mason en riant.

La veste de Hawk était sur le dossier de la chaise. Il l'attrapa, la jeta sur son épaule et se dirigea vers la porte.

CHAPITRE 25

L'ENTRÉE DE LA grotte était éclairée par le soleil. Elle était heureuse de voir ça. Elle s'était réveillée de bonne humeur et en ayant hâte de sortir, aujourd'hui. Elle avait besoin de savoir que son corps fonctionnait comme il faut.

Elle savait qu'elle ne serait pas capable de passer un examen physique en ce moment. Courir était hors de question. Mais c'était quelque chose qu'elle devait recommencer à faire. Sauf qu'elle était toujours aussi épuisée.

Mais elle était là et c'était déjà bien.

Un peu chaque jour. Elle retrouverait sa force en un rien de temps. Et elle ne voulait plus être aussi faible. Elle avait traversé trop d'épreuves pour vouloir se retrouver dans une telle situation d'impuissance. L'entraînement à l'autodéfense était l'activité suivante de sa liste.

— C'est une belle journée.

— C'est vrai, ça veut dire que c'est une belle journée pour aller faire de la spéléologie, dit Paul en venant se placer à côté d'elle.

— Comment arrives-tu à ce raisonnement ? Il fait beau dehors, si on allait dans le noir ?

Elle se moquait de la logique de Paul.

— Pense à la joie de voir le monde sous terre dans toute sa ténébreuse beauté, puis de remonter à la surface pour voir le soleil radieux.

Pierre et Paul sourirent à l'unisson.

— C'est un monde spécial, là-dessous.

— Vous êtes fous, dit-elle en riant. Passez devant.

— Je passe devant, tu me suis, dit Paul. Mon frère sera à l'arrière.

— Très bien. Vous voulez juste être sûrs que je ne foire pas.

— Non, on veut s'assurer que tu es prête. Si tu t'effondres, on pourra t'atteindre plus rapidement de cette façon.

— J'apprécie.

Ces deux hommes avaient gardé un œil sur elle depuis qu'elle avait commencé son travail de recherche et de sauvetage. Elle leur faisait confiance. Il était important de faire confiance aux gens avec qui on allait dans les grottes.

Les deux hommes étaient retraités et passaient la majeure partie de leur temps à explorer les grottes naturelles qui les entouraient. Et partageaient l'amour de leur hobby avec quiconque voulait bien les écouter.

Elle attacha son casque de sécurité, l'ajusta, vérifia son équipement et se mit en place entre eux deux.

— Allons-y.

La marche du début était légère et venteuse. Sentir bouger son corps comme il était censé le faire lui faisait du bien. Sentir ses muscles gémir quand ils s'étiraient. Il lui aurait fallu une heure pour se détendre vraiment, mais cette activité lui faisait du bien. Ses côtes lui faisaient légèrement mal et son visage était encore sensible si on le touchait trop fort. Mais les médecins étaient satisfaits de ses progrès.

Maintenant, elle avait juste besoin de gérer le reste du chaos dans sa vie. Peut-être plus de volontariat de sauvetage. Après tout, qui s'y connaissait mieux qu'elle sur le besoin d'être secouru ? Mais ce n'était qu'une partie de la réponse.

— Tu as encore apporté ton appareil photo, n'est-ce pas ? demanda Peter. Tu vas nous transformer en modèles de couverture.

Elle sourit et, après avoir ajusté l'éclairage, elle prit rapidement une photo de lui.

— Voilà, maintenant je peux les envoyer à ces sites de photos pour romans d'amour.

Et elle rit.

— Ha, ha, fillette, ils ont tout à apprendre de moi.

Elle sourit.

— Gris et grisonnant… Un look assez populaire. Il y a au moins un tiers de la population qui a le même look.

Les deux hommes reniflèrent avec un dégoût moqueur, mais cela donna le ton pour les prochaines heures alors qu'ils prenaient un nouveau chemin à travers les grottes.

— Les gars, vous avez déjà cartographié toute cette section ?

— On a presque terminé. Il y en a au moins une autre à vérifier. Après ça, on devrait être en mesure de le cartographier et on pourra en finir avec ce souterrain-ci.

— Et il y a quelque chose qui vaille le coup d'œil par ici ? demanda-t-elle. Une rivière souterraine ? Une chute d'eau fantastique ?

— Non. Beaucoup d'entrées et de sorties. Une autre entrée que quelqu'un semble avoir trouvée, car il y a des traces de camion qui y pénètrent directement. Je ne pensais pas que l'une des entrées était assez grande.

— Elle ne l'était sûrement pas, dit Paul. Ils l'ont sans doute élargie pour faire entrer ce camion.

Mia s'immobilisa au souvenir du camion dans l'une des entrées de la grotte. Cela lui rappela des images et des souvenirs qu'elle n'était pas prête à revoir.

— C'est près d'ici ? demanda-t-elle d'un ton neutre.

Elle ne savait pas si l'équipe de Hawk avait réussi à mettre un terme au risque d'attentat ou non. Il n'y avait pas eu de couverture médiatique à ce sujet, alors elle supposait que oui, mais ce n'était pas la même chose que de savoir avec certitude. C'était comme si tout cela n'avait jamais eu lieu. Elle aurait pu en être satisfaite, mais elle avait encore besoin de tourner la page.

— Ce n'est pas loin. Pourquoi, tu veux y passer et jeter un coup d'œil ? Cette entrée serait une énorme aubaine en cas d'accident. Assez grande pour faire entrer une ambulance. Pas sûr qu'elle soit assez grande pour un camion de recherche et de sauvetage, mais pourquoi pas.

— Ce serait bon à savoir de toute façon, dit-elle. Combien de personnes sont déjà venues ici ce matin ?

— Une demi-douzaine au moins. L'endroit est de plus en plus populaire chaque jour. On espère vraiment trouver quelque chose de majeur pour attirer plus de monde, dit Paul.

— Ça créerait du tourisme pour la petite ville, admit-elle.

— Et toi ? Que vas-tu faire maintenant que tu es de retour ? Ton père va-t-il rouvrir le magasin ?

Elle fronça les sourcils, toujours mal à l'aise avec l'idée d'être de retour et d'avoir un avenir.

— Je pense qu'il va rouvrir, mais à plus petite échelle.

— Pas d'armes à feu.

Les deux frères hochèrent la tête avec sagesse.

— J'imagine qu'il n'en vendra plus, dit Peter.

Paul ajouta :

— Mais il n'a pas fini d'en posséder.

— Non, papa ne se débarrassera jamais de sa collection personnelle.

— Je l'ai vu au magasin en train de nettoyer. Peut-être qu'en fin de compte, tout cela a été bénéfique pour lui. Il peut guérir, maintenant, et se remettre sur ses deux pieds.

— Peut-être, dit-elle. Ou peut-être qu'il va vendre et déménager dans le centre de Los Angeles.

Aux regards horrifiés des hommes, elle gloussa.

— Tu es d'humeur à ça, hein ? Eh bien, ajoutons un détour dans le coin pour que tu puisses voir la nouvelle entrée. Peut-être qu'une heure de travail supplémentaire te fera perdre un peu de ton punch.

Il ouvrit le chemin vers la gauche. Elle suivit, sa jovialité du début s'épuisant au moment où ils arrivèrent. Son énergie diminuait rapidement. Mince. Elle avait sérieusement échoué dans sa tentative de se relancer dans son travail de sauvetage. Il n'y avait aucun intérêt à aider les gens si elle avait besoin d'être secourue elle-même. Elle le savait, mais avait espéré se trouver en meilleure condition que cela.

— Ce n'est pas très loin, cria Peter devant elle.

— Bien. Je commence à être fatiguée, admit-elle.

— On va se reposer ici, répondit-il derrière elle. Et si ça ne va vraiment pas, je retournerai chercher mon camion et je viendrai te chercher. C'est un autre grand avantage de cette nouvelle entrée. On était assez excités quand on l'a vue. On ne veut pas que les grottes soient trop faciles d'accès, mais il ne fait aucun doute que la simplicité peut parfois servir.

Ils approchèrent d'un petit tunnel court, qui était plutôt une grotte puisqu'il laissait un peu de place pour se déplacer. D'ailleurs, elle pouvait dire qu'il s'agissait d'une vieille grotte grâce à la poussière non dérangée sur le sol. C'était plus difficile, mais court. Il déboucha soudain sur une grande ouverture qui, selon elle, était plus large que l'entrée par laquelle ils étaient arrivés à l'origine. Intéressant.

Cela l'avait toujours étonnée qu'il puisse y avoir de si grandes surfaces de… « rien du tout » dans ces montagnes. L'intérieur semblait toujours sûr, mais elle se posait des questions.

Un bâillement la prit par surprise.

Paul fit signe vers l'autre côté, où il semblait y avoir un mur. Elle s'approcha et réalisa que la grotte était légèrement incurvée et que l'entrée était pleine de verdure, empêchant la lumière du soleil d'y pénétrer.

Elle jeta un coup d'œil à l'extérieur, puis se fraya un chemin avec précaution pour se tenir debout sous la lumière vive.

— Vous avez dit qu'un camion est passé par ici ?

— Oui, ces branches…

Il montra le bord dénudé de quelques grosses branches.

— Elles ont été endommagées dans le processus.

— Incroyable.

Elle se fraya un chemin dans le sous-bois dense en suivant les traces et arriva à une petite clairière.

— C'est à peine une route.

— Et c'est bien. Une route, ça veut dire du trafic. On ne veut vraiment pas que les gens aient accès trop facilement.

— D'accord.

Tous les trois errèrent dans la lumière du soleil en cherchant où se trouvait l'accès aux routes principales, suivant les traces des camions.

— Là-bas.

Paul montra du doigt la colline en dessous d'eux.

— C'est juste à côté de Hairpin Bend.

Elle étudia le vilain coin et réalisa qu'il avait raison. Et ce n'était pas un mauvais emplacement. La route principale était à quelques centaines de mètres, ce qui signifiait qu'elle pouvait recevoir de l'aide pour ce coin du réseau spéléologique au moins une demi-heure plus vite que par l'autre entrée. Sachant que les gens pouvaient être coincés n'importe où entre les deux, cette nouvelle entrée pouvait sauver des vies.

— C'est une découverte fantastique ! dit-elle.

— Effectivement.

Elle enleva son chapeau et tourna son visage vers la lumière du soleil.

— Tu as l'air un peu pâle, dit Paul d'une voix inquiète.

— Je vais bien. Un peu fatiguée, mais le fait de voir ça, dit-elle en faisant signe vers l'entrée facilement accessible, m'a redonné de l'énergie.

— On va quand même revenir en arrière, prendre les deux véhicules et venir ici. On verra si c'est difficile de trouver l'entrée de l'autre côté. C'est ça, l'astuce. C'est une chose d'être à l'intérieur en se demandant où tout le monde est, mais c'en est une autre si tu conduis le camion, ce qui est souvent mon cas, en essayant de trouver la nouvelle entrée.

Elle s'assit sur un rondin tombé et réalisa qu'il avait raison. Elle était trop fatiguée. Un frère pouvait partir, ou les deux. Ce serait plus rapide si les deux partaient pour récupérer leur camion et leur voiture. Cela éviterait un aller-retour pour récupérer l'autre véhicule.

— D'accord, alors vous retournez à l'intérieur pendant que je fais une sieste ici.

Elle sourit aux deux hommes.

— Ça me paraît être une bonne idée.

Assurément. Elle déboucla son harnais de corde et s'allongea sur le rondin.

— On se voit dans quoi, trente minutes ?

— C'est le temps qu'il nous faut pour revenir à l'entrée principale, si ce n'est la moitié, alors disons une heure.

Peter hésita.

— Tu es d'accord pour rester ici toute seule ?

— Je vais bien.

Elle leur fit signe de partir.

— Allez-y.

— O.K., on revient vite. Et garde ton téléphone sur toi. On t'enverra un message quand on arrivera aux véhicules.

Elle hocha la tête, mais fermait déjà les yeux, le corps endolori et affaibli. Mince. Qui aurait cru que quelques heures d'exploration de grotte pouvaient l'anéantir si rapidement ? Il lui faudrait des semaines pour récupérer ses forces, à ce rythme.

Pas très utile.

Avec la chaleur du soleil qui lui tapait dessus, elle fut obligée d'ouvrir sa veste et de garder son eau à portée de main. Elle ferma les yeux et poussa un profond soupir de contentement, laissant son corps se détendre contre l'arbre sous son dos.

Jusqu'à ce qu'une voix dure parle derrière elle.

— Alors tu es là. Tu m'as mené une joyeuse chasse, n'est-ce pas ?

HAWK NE SAVAIT pas si Mason plaisantait lorsqu'il avait dit que les autres hommes étaient en route pour voir Eva et Mia, mais il n'hésiterait pas à leur demander. Dane s'était montré particulièrement intéressé. Dommage pour lui. Il n'allait pas prévenir Mia. Il ne voulait pas lui donner une chance de dire non. Il ne l'aurait pas bien pris.

Ils ne s'étaient rien dit. Et il était parti sans expliquer son départ imminent, et ne l'avait pas contactée depuis leur retour, mais ça ne voulait pas dire qu'il n'y avait pas quelque chose entre eux.

Il y avait toujours eu quelque chose entre eux.

Mais elle avait subi un traumatisme important et avait besoin de guérir. Et il ne voulait pas qu'elle le voie seulement comme un héros. Ni comme un SEAL. C'était juste un homme.

Eva veillerait sur elle, mais ce n'était pas la même chose que Mia capable de s'occuper d'elle-même. Elle avait besoin de plusieurs semaines de plus pour guérir. Pas de volontariat pour tout et n'importe quoi.

Au bout d'une heure de route, il était déjà frustré. Il se doutait qu'elle en faisait sûrement encore trop. Et qu'elle ne s'arrêterait pas à moins que quelqu'un ne soit là pour mettre un frein à ses activités.

Elle n'a jamais eu de bon sens.

Mais elle avait des tripes à revendre.

Maintenant, il devait arriver là-bas avant ses fichus hommes. S'ils arrivaient avant lui, ils ne lui ficheraient jamais la paix. Et elle non plus. Surtout si elle ne savait pas qu'il était en route.

Il appuya sur l'accélérateur et dépassa les voitures trop lentes. Il devrait être là-bas dans un peu plus d'une heure.

Avec un peu de chance, à temps pour l'empêcher d'avoir à nouveau des problèmes.

CHAPITRE 26

SES NERFS EXPLOSÈRENT, son cœur battait contre ses côtes et son corps se recouvrit soudainement d'une pellicule de peur. Mon Dieu. Quand est-ce que cet enfer allait se terminer ?

— Assieds-toi.

Elle se redressa lentement, sa bouteille d'eau à la main, et se tourna pour faire face à l'inconnu. Elle étudia ses traits.

— Je ne vous connais même pas.

— Non, tu ne me connais pas. Je préfère que ce soit ainsi. Je suis un professionnel et cela implique de régler les derniers détails.

— Que voulez-vous de moi ?

— Rien pour le moment. Sauf une petite vengeance. Ils ont trouvé mes bombes. Je n'ai pas pu faire ce que j'avais promis à cause de toi, alors maintenant je vais être exécuté pour avoir échoué.

— « Ils » ? demanda-t-elle prudemment.

— Peu importe qui, répondit-il. En fait, plus rien n'a d'importance. Tu as mis un terme à ma mission. Aux yeux du monde, je suis un échec.

— Je n'ai rien à voir avec ça, s'écria-t-elle. Je ne sais pas de quelle mission vous parlez.

— Ne sois pas stupide, grogna-t-il. Tes amis m'ont peut-être empêché de détruire le pont, mais ils ne peuvent pas empêcher ce que je vais faire ensuite.

Elle secoua la tête.

— Je ne comprends pas ce que tout cela a à voir avec moi.

— Si tu n'avais pas été impliqué, alors ces fichus SEAL ne l'auraient pas été.

Les SEAL ? Il savait pour Hawk ? Comment était-ce possible ? Elle fixa l'homme, dont le discours n'avait ni queue ni tête, mais le regard de fanatique dans ses yeux disait qu'il pensait tenir des propos sensés.

— Je n'ai rien à voir avec les SEAL qui vous ont arrêté. J'ai été kidnappée, puis je me suis échappée.

Elle secoua la tête. Tellement stupide. Au moins les deux frères Bangor étaient partis. Ils seraient épargnés par les balles, ainsi. Elle allait sûrement finir par toutes les prendre.

— Vos hommes étaient le maillon faible, dit-elle avec plus de force que prévu. J'ai juste plongé dans l'eau et j'ai été récupérée par l'hélicoptère militaire.

— Et tu leur as tout dit.

Elle le fixa du regard.

— Bien sûr. Mais ce n'est pas ma faute si les hommes que vous avez engagés étaient des minables.

Il agita son arme vers elle.

— Ça n'a pas d'importance. Je savais que tu étais un problème dès le début.

— Alors pourquoi vous ne m'avez pas tiré dessus ?

— Cet idiot de Tom voulait savoir ce que tu avais appris et dit sur lui. Il avait peur que tu fasses échouer son plan.

— Et au lieu de ça, vous l'avez flingué.

— Bien sûr, et tous les autres hommes avec qui j'ai travaillé. C'est comme ça que je bosse. J'embauche puis je licencie.

Il haussa les épaules comme pour dire que c'était un comportement tout à fait normal pour un patron.

— C'est la seule façon de faire. On ne peut faire confiance à personne qu'on connaît.

Elle le regarda fixement.

— Ce n'est pas vrai. On peut faire confiance à beaucoup de gens dans ce monde.

Il ricana.

— Alors tu es une idiote. Et une idiote morte.

Il leva le pistolet et tira.

Elle avait déjà bougé. En zigzaguant, elle se mit à l'abri dans la grotte. Là, elle avait un avantage. Elle connaissait la zone – un peu.

— Tu ne peux pas te cacher ici, lui cria-t-il.

Elle aurait aimé l'insulter, mais ne voulait pas lui faire savoir où elle était. Se cachant dans un coin, elle considéra ses options. Essayer de se faufiler à nouveau dehors quand il rentrerait ou essayer de revenir par le système de grottes jusqu'à l'autre entrée ?

— Je peux m'asseoir ici et attendre toute la journée. Surtout que tes amis vont revenir.

Elle put sentir son visage blêmir sous le choc. Les frères ne savaient pas dans quoi ils s'étaient engagés. Il les abattrait sur-le-champ. Ils n'avaient rien fait. Elle non plus, mais apparemment elle était le seul fil conducteur qu'il prendrait plaisir à détruire.

Super.

Un grattement retentit trop près. Elle s'aplatit contre le mur. Selon l'angle, il ne pourrait pas la voir à moins de s'approcher davantage. Elle serra le casque dans sa main. Comme arme, ce n'était pas grand-chose.

— Il n'y a aucune raison de se cacher. Tu vas juste prolonger l'agonie, cria-t-il. Je peux t'attendre toute la journée.

Elle ferma les yeux et ouvrit la bouche, sa respiration était faible, légère.

Qu'allait-elle faire maintenant ? Elle essaya d'estimer le temps écoulé depuis le départ des frères. Elle avait fait une sieste pendant un moment. Mais guère plus de dix, peut-être vingt minutes tout au plus. Si de l'aide arrivait, ce ne serait pas avant une demi-heure et c'était un délai énorme pour rester en vie. Elle devait à nouveau s'échapper par ses propres moyens.

Elle préférait être perdue dans les grottes et avoir besoin de secours plutôt que de prendre une balle dans la tête. Cet homme allait s'assurer de la tuer.

Ses pas s'éloignèrent alors qu'il retournait vers l'entrée.

— Tant pis. Je vais attendre que tes amis se montrent et les tuer en premier. Puis je viendrai te chercher.

Elle ferma les yeux. Elle ne voulait pas que les frères meurent. Elle sortit son téléphone portable et coupa le son. Elle vérifia s'il y avait un signal. Aucun.

Bien sûr, elle devait être plus près de l'entrée pour envoyer un message. Elle jeta un coup d'œil à l'angle pour voir son ennemi debout, regardant le paysage en lui tournant le dos. Elle n'avait pas d'arme à feu. Dommage, elle l'aurait tué là où il se tenait. Son esprit s'emballa, elle essaya de réfléchir. Si elle courait vers l'entrée d'origine, les frères seraient sûrement déjà ici, seuls et vulnérables aux attaques. Si elle restait ici, ils arriveraient sans prévenir et seraient tués de toute façon. Elle devait faire passer un message. Est-ce que les autres grottes de ce système étaient plus proches du monde extérieur ? Non. C'était pourquoi ils étaient ici.

Elle pencha la tête en arrière, des larmes de colère se formant au coin de ses yeux. Elle devait trouver un moyen.

Elle avait prévenu son père et Eva qu'elle se rendait aux grottes avec les frères, de sorte que si elle était en retard, ils sauraient où la trouver. Mais elle n'était pas encore en retard. En fait, elle ne serait pas en retard avant un moment. Et comme elle était avec Pierre et Paul, personne ne s'inquiéterait avant un bon moment. Elle devait peut-être essayer de sortir en douce.

Quel autre choix y avait-il ?

HAWK ENTRA DANS la ville et appela sa sœur.

— Hawk ? Où es-tu ?

— J'entre dans la ville, répondit-il. Pourquoi ?

Il y eut une étrange pause et elle dit doucement :

— Parce qu'on ne pensait pas que tu reviendrais de sitôt.

Il n'eut besoin de demander qui était le « on ».

— Où est-elle ?

— Elle est partie faire de la spéléologie ce matin.

— Elle quoi ? rugit-il. Elle est souffrante. Elle a besoin de guérir, pas de ramper dans la boue.

Maudite soit cette femme. Il avait conduit comme un fou pendant des heures pour essayer de rattraper ses amis. Il ne les avait pas encore vus, mais depuis qu'il avait démarré à un rythme infernal, il semblait incapable de ne pas s'inquiéter qu'elle ne soit pas là quand il arriverait.

— Elle voulait voir si elle avait retrouvé sa force normale, dit sa sœur calmement. Ce n'est pas comme si c'était facile pour elle d'être de retour. Elle n'arrêtait pas de voir des croque-mitaines partout. Elle essaie de s'en sortir.

— Je sais.

Il ne s'excusa pas. Admettre la justesse de propos de sa sœur était le plus proche dont il soit capable.

— Je ne voulais pas me fâcher.

Il jeta un coup d'œil aux panneaux qui se dessinaient.

— Une idée du souterrain où elle se trouve ?

Il avait une vague idée derrière la tête. Il pourrait peut-être la rattraper aux grottes. La ramener chez elle. Après l'avoir enguirlandée pour s'être retrouvée là-bas en premier lieu.

— Les frères cartographient les grottes Grossman. Donc elle doit être quelque part là-bas, ajouta sa sœur d'une voix prudente. Je ne pense pas qu'elle s'attende à te voir.

Il renifla.

— Bien sûr que non.

Et il raccrocha. Son instinct était correct. Les panneaux devant lui indiquaient les grottes. Les pneus crissant, il prit le virage serré et se précipita sur le chemin de terre. D'après la route, c'était un endroit populaire. Elle valait mieux pour elle qu'elle y soit allée avec un groupe décent. Si elle était trop fatiguée, quelqu'un devait être capable de s'occuper d'elle.

En grinçant des dents, il poussa la Jeep sur les routes cahoteuses.

CHAPITRE 27

— JE PEUX attendre toute la journée, je n'ai rien de prévu, dit le tireur. Seulement je n'aurai pas à le faire parce que, très vite, tu vas avoir de la compagnie.

Elle ferma les yeux, la sueur coulant dans son dos. C'était vraiment stupide. Elle n'avait rien fait et voilà qu'elle avait de nouveau des ennuis.

Hawk lui ferait la peau s'il savait. Avec un peu de chance, il ne le découvrirait jamais.

Elle entendit le bruit lointain d'un véhicule qui s'approchait et fronça les sourcils. Le régime était trop élevé pour que ce soit celui des frères. *Seigneur, faites que ce ne soit pas un autre groupe de touristes innocents.* Elle ne voulait pas être responsable de plus de morts.

— Tu entends ce que j'entends ? ricana-t-il avec un rire tendu d'impatience.

Comme s'il n'était pas heureux d'avoir de la compagnie.

— Sors d'ici maintenant ou d'autres personnes vont mourir.

Le fond de la caverne lui faisait signe. D'après ses calculs, ça ne pouvait pas être les frères, ils n'avaient pas eu le temps d'arriver jusqu'ici. Mais ses options n'avaient toujours pas changé. Elle pouvait courir et se cacher dans la grotte et espérer qu'il parte à temps – sans tuer personne –, ou elle pouvait sortir et prendre une balle. Comme elle avait failli le faire.

Le véhicule s'approcha. Elle entendit un son qu'elle reconnut. Son cœur fit un bond d'espoir. C'était une Jeep ? Elle avait côtoyé des camions et des Jeeps toute sa vie. Hawk en conduisait une, mais il n'y avait aucune raison de penser que c'était la sienne.

L'enfoirée était-il encore là ? Elle se faufila et jeta un coup d'œil à l'angle de la grotte. Le tueur s'était retiré dans la grotte en face d'elle, lui tournant à nouveau le dos. Cela l'énervait qu'il la considère comme une si faible menace. Son regard scrutant sur le sol rugueux, elle chercha des pierres à utiliser comme distraction – ou comme arme. Mais vu la médiocrité de son jeu de base-ball, elle se dit qu'elle serait surtout à même d'éloigner les nouveaux arrivants avant qu'il ne puisse tirer. Puis elle retourna dans la caverne et suivit son chemin jusqu'à l'autre entrée. Il y avait de bonnes chances qu'elle soit capable de le distancer, ici. Elle savait où aller.

Le véhicule rugit jusqu'à l'avant de la grotte et s'arrêta juste de l'autre côté des buissons. Elle ne pouvait pas voir le conducteur. Apparemment, le tueur, si. Il ajusta son arme de poing pour tirer.

Elle balança son bras et lui jeta la première pierre.

Elle toucha sa main.

L'arme fit feu.

Des oiseaux s'envolèrent des arbres et elle et le tueur se figèrent, en état de choc.

Il reprit ses esprits le premier puis tourna l'arme pour viser Mia.

Elle haleta, se replia hors de vue et attrapa d'autres pierres. Le bord de la paroi derrière laquelle elle se cachait était irrégulier avec un décrochement. Aussi silencieusement qu'elle le pouvait, elle grimpa, ses poches pleines de pierres.

S'il arrivait au coin, il chercherait quelqu'un de plus petit que lui, et elle pourrait réussir à lui donner quelques bons coups de pied.

La Jeep ne redémarra pas. Elle espérait que le tir n'avait pas trouvé de cible.

Quelque chose racla le mur à quelques mètres de là où elle était accroupie.

— Saleté, dit-il d'une voix basse et mortelle. Tu trouves ça drôle, hein ?

L'arme apparut en premier à l'angle, suivie de la tête lorsqu'il essaya de regarder de l'autre côté. Le premier coup de pied de Mia frappa sa mâchoire, le second fit voler l'arme.

Elle atterrit sur le dos, mais se releva et courut vers l'entrée aussi vite que possible. Et un autre coup de feu retentit. Elle trébucha quand quelque chose tira sur sa manche, mais elle continua à courir. La Jeep était devant elle. Elle priait pour que les clés soient sur le contact.

À moins de trois mètres de la portière côté conducteur, elle fut attaquée par-derrière.

— Non, cria-t-elle en se débattant de toutes ses forces, envoyant son coude dans la gorge de son agresseur et ses genoux dans son aine alors qu'elle s'avançait pour trouver quelque chose à mordre.

— Bon sang, grogna Hawk.

Elle se retrouva soudainement écrasée contre sa poitrine et traînée derrière un gros rocher.

— Arrête de te débattre

En vérité, elle ne se débattait plus depuis qu'elle savait qui la tenait.

— Il essaie de me tuer, chuchota-t-elle. Il vous reproche d'avoir arrêté sa mission terroriste.

Hawk se retourna et la regarda fixement comme s'il voulait une confirmation.

Elle lui fit un signe de tête.

— C'est le terroriste qui a organisé l'attentat.

IL N'ARRIVAIT PAS à y croire. Pourquoi n'avait-il pas envisagé qu'après il eut déjoué ses plans, ce type pourrait s'en prendre à des éléments isolés ? Il avait tué tous ceux qu'il avait engagés, alors pourquoi ne pas s'en prendre à la captive qui s'était enfuie ? Cela avait dû vraiment l'irriter.

Maintenant il avait trouvé Mia ici, seule. Vulnérable. Facile. Une cible parfaite.

Il lui lança un regard noir pour faire bonne mesure. Elle leva les sourcils en signe de confusion.

Oui, il clarifierait les choses dès qu'il l'aurait sortie de ce pétrin et aurait éliminé le type qu'ils avaient chassé sur plusieurs continents. Seulement pour découvrir qu'il était retourné là où tout avait commencé.

Mince.

Et il n'avait pas son arme avec lui. La première chose à faire était de garder Mia en sécurité. Il la poussa plus loin dans l'ombre. Il lui aurait bien laissé la Jeep en l'envoyant en sécurité, mais elle était décapotée pour l'été, ce qui faisait d'elle une cible trop facile.

Le tireur était coincé à l'entrée de la grotte, mais il en savait peut-être assez pour disparaître dans les bons passages.

Il pouvait toujours espérer. Mais s'il avait participé aux caches d'armes ici, il risquait d'être un expert de ce réseau de grottes.

Avec Mia soigneusement cachée derrière lui, il se faufila le long des broussailles vers l'ouverture. Il devait attraper ce type. Tant qu'il était en liberté, il représentait un danger. Il avait déjà prouvé jusqu'où il était prêt à aller pour effacer ses traces. Maintenant que Mia l'avait vu, elle était doublement en danger. Ils devaient mettre un terme à tout ça avant que le terroriste ne prenne le large, libre de choisir son moment et son lieu plus tard. Il fallait en finir maintenant.

Il envoya rapidement un message à Swede et à Shadow. Dane était le suivant. S'ils étaient à Canford, leur présence lui serait utile dès maintenant. Il étudia le plan. Étant donné la position de Mia et la sienne, ni l'un ni l'autre ne pouvait bouger sans révéler leur position et comme un seul parmi eux trois avait apporté une arme dans la fusillade…

Un bruit surprenant derrière lui le fit se retourner. Mia s'était armée d'une branche de taille convenable. Elle l'agita plusieurs fois, s'habituant à la sensation de son poids dans sa main. Elle croisa son regard et murmura :

— Je me sens mieux avec une arme.

Bon sang, lui aussi.

— Je ne sais pas qui est là, mais tu ne vas nulle part, hurla le tueur.

Hawk ricana.

— Et toi non plus.

Un affreux silence s'installa.

— Qui es-tu, bon sang ?

— Celui qui a mis fin à ton opération, dit Hawk, se déplaçant déjà et poussant Mia devant lui alors que des balles étaient tirées au hasard, sauvagement, dans le buisson où ils se tenaient.

Il sourit, une colère à vif le traversant.

On pouvait entendre un autre véhicule au loin. Bien, il espérait que c'était son équipe.

Mia haleta et s'accrocha à lui.

— C'est sûrement les frères.

Il lui fallut un moment pour comprendre. Il plaça sa bouche contre son oreille et dit :

— Y a-t-il une autre entrée à proximité par où on peut passer pour le prendre à revers ?

Elle hocha la tête.

— Mais ce n'est pas une courte marche.

— Combien de temps ?

— Si on la fait à fond et rapidement, une heure et quarante-cinq minutes, dit-elle à voix basse en regardant autour d'elle. Si tu cours et attrapes les frères qui descendent, tu peux aller jusqu'à l'entrée suivante et le faire en quarante-cinq minutes.

Il lui donna un baiser vigoureux.

— Reste ici. Grimpe à un arbre et mets-toi à l'abri des regards. Je serai de retour dans trente minutes.

Elle haleta, mais il était déjà parti.

<h1 style="text-align:center">CHAPITRE 28</h1>

L DEVAIT SÛREMENT plaisanter. Mais il avait disparu si vite qu'elle ne voyait que le nuage de poussière qu'il avait soulevé. Et cela signifiait qu'elle était à nouveau seule. Elle se passa la main sur la tête, se demandant où elle devait aller sans faire de bruit.

Le tueur avait-il entendu Hawk partir ? Le deuxième véhicule n'approchait plus. Elle espérait que c'était les frères. Ils auraient aidé et auraient été honorés de le faire.

Mais elle aurait souhaité qu'ils l'emmènent avec eux. Hawk pouvait aller plus vite sans elle. Mais elle n'était pas ravie d'être cachée derrière un rocher. Bien qu'il lui ait dit de grimper à un arbre, elle ne pouvait pas le faire discrètement... Un énorme arbre à feuilles persistantes avec des branches basses se trouvait à trois mètres. Elle serait peut-être capable de se faufiler au milieu de celui-ci. Il offrirait une meilleure protection que son emplacement actuel si le tueur décidait de sortir pour la chercher.

Les chercher. Comme il n'avait aucune idée que Hawk était parti. Et c'est ce qui la sauvait. Seule, elle ne représentait pas une grande menace. Mais avec Hawk ici, les chances du tueur diminuaient. Même avec une arme. Mais il s'était concentré sur l'élimination de Hawk après avoir entendu qui il était...

Détestant la sensation d'être une cible facile, elle se déplaça et se glissa sous le lourd feuillage. La peur faisant trembler ses mains, elle recula jusqu'à ce qu'elle soit contre le tronc. Au moins, elle pouvait s'élancer dans l'autre direction et se frayer un chemin à travers les arbres. Il aurait un mal fou à la frapper.

Fermant les yeux, elle appela mentalement Hawk pour qu'il se bouge les fesses.

Et il ferait mieux d'en prendre soin aussi – elle avait un droit de visite, bon sang.

Du moins, elle l'espérait.

— Où es-tu, bon sang ?

Des balles furent tirées à sa gauche, mais ça se rapprochait. Elle se recroquevilla en une petite boule et enfouit son visage dans ses bras. Ses vêtements étaient déjà sales à cause de la spéléologie… zut, zut, zut. Elle avait ses bandes réfléchissantes sur son gilet. Il allait la voir à coup sûr.

Son cœur battait fort, la poitrine prête à exploser. Se retournant sur le dos, elle se débattit pour quitter son gilet. Puis elle le glissa sous son dos pour que les bandes ne se voient pas.

Et elle entendit des pas, un bruissement lourd dans les broussailles.

Elle se figea, les yeux rivés sur ce qu'elle pouvait voir à travers le feuillage.

Il se rapprochait. Oh, mon Dieu. Non. S'il vous plaît, non.

Où était Hawk ? Bon sang, il ne reviendrait pas avant une heure sûrement.

Mais elle savait que si quelqu'un pouvait arriver plus vite, c'était bien lui.

Il était bon dans son travail.

Jusqu'à présent, elle avait été bonne dans le sien. Sa voix

dans sa tête lui disait encore maintenant de rester en vie.

Les bruits de pas passèrent près d'elle. Elle n'osait pas respirer. Les yeux fermés, elle tendit l'oreille jusqu'à ce que les pas s'éloignent. Elle respirait plus facilement. Il avait raison. Elle tenait le coup.

Jusqu'à ce qu'elle entende quelque chose qui lui glaça le sang.

— Tiens, te voilà.

Suivi par le clic d'une arme.

Elle attendit, mais aucun visage n'apparut.

Des jurons retentirent sur sa gauche. Elle ferma les yeux et se glissa plus bas.

HAWK DONNA UNE courte explication laconique aux deux hommes plus âgés. Mais il avait repéré leur genre dès le début. Le vieux bonhomme au volant avait passé la vitesse supérieure avec son vieux camion et pris les virages à une vitesse dont Hawk ne pensait pas être capable. Ils avaient fait demi-tour et l'avaient conduit à une autre entrée. Une petite entrée dans laquelle il devait ramper pour avancer. Il avait voulu y aller seul, mais ils ne voulaient rien entendre. Surtout depuis que cela impliquait Mia.

Maintenant, avec un frère en tête et un autre à l'arrière, ils avançaient. Il savait qu'il aurait quelques minutes de retard sur l'horaire prévu, mais pas beaucoup à ce rythme.

Soudain, Peter s'arrêta, la main tendue derrière lui. Hawk s'approcha de lui et regarda dans la caverne. De là, il pouvait voir l'entrée où il avait vu le tireur.

Mais cette foutue caverne était vide.

Mince.

Il se glissa hors du tunnel après avoir donné aux deux

hommes l'ordre de rester derrière et courut vers l'entrée. Aplati contre la paroi rocheuse et se maudissant d'avoir laissé Mia seule, il scruta les arbres qui montaient vers l'entrée. Pas un bruit. Pas un mouvement.

Bon sang. Son seul avantage avait disparu. Plusieurs gros rochers parsemaient l'entrée. Il grimpa rapidement aussi haut que possible et jeta un coup d'œil par-dessus.

Là.

Il sourit. Le tueur se dirigeait vers toutes les cachettes imaginables et sautait en avant comme pour faire peur à Mia. Mais elle ne faisait pas un bruit. Il jeta un coup d'œil à l'endroit où il l'avait laissée et fronça les sourcils. Elle n'y était plus.

— Bon sang, grogna le tueur. Je n'ai pas de temps à perdre.

Il retourna systématiquement vers l'entrée de la grotte, tirant dans tous les coins et recoins comme s'il espérait débusquer Mia.

Approche-toi, chuchota Hawk au tueur dans sa tête.

Ce dernier, comme s'il entendait les ordres silencieux, fit plusieurs pas en avant. Il s'arrêta à quelques mètres de Hawk, se retourna et hurla :

— Nom de Dieu !

Hawk lui sauta dessus.

L'arme vola. Les deux hommes volèrent avec. Les poings aussi. Hawk réussit à passer un bras autour du cou de cette ordure et serra. Le terroriste les fit basculer tous les deux. Et les deux hommes se battirent, jurant et transpirant sans fin.

Alors que Hawk jurait que cet enfoiré avait une force surhumaine, la donne changea et il se retrouva à lutter pour respirer, les mains du tueur enroulées autour de sa gorge, cherchant à le tuer.

Il essaya de se débarrasser de l'homme, il essaya tout ce qu'il savait faire, mais ces satanées étoiles remplissaient son champ de vision. Bon sang. Il ne pouvait pas échouer.

Et soudain, il fut libre.

Le tueur gisait sur le sol à côté de lui, le sang coulant d'une entaille à la tête.

Mia, à bout de souffle, tenait l'énorme branche dont elle s'était armée plus tôt. Pierre et Paul sortirent de la grotte pour voler à ses côtés.

Hawk gémit. Mia jeta le bâton, se laissa tomber à ses côtés et enroula ses bras autour de sa poitrine, en pleurant.

Il la serra contre lui, tellement sûr que cette fois, il n'aurait jamais d'autre chance.

Alors qu'il reprenait son souffle et réalisa qu'il s'en était sorti une fois de plus, un énorme camion s'arrêta à côté d'eux. Swede, Shadow, Dane et Cooper sortirent et s'élancèrent vers eux.

CHAPITRE 29

M IA VIT DANE courir vers elle. Swede n'était pas loin derrière. Shadow était à leur suite. Des larmes roulant sur son visage, elle se leva d'un bond et courut droit vers lui.

— Il va bien, cria-t-elle. Il va bien.

L'assaut de Dane ralentit alors que Hawk se mettait en position assise. Pour elle, il était toujours aussi beau, mais elle savait que les hommes cataloguaient les dégâts sur son visage et la façon maladroite dont il était assis.

Entouré de son équipe et des frères qui les avaient rejoints depuis la grotte, Hawk expliqua ce qui s'était passé, ajoutant avec une grande fierté dans la voix :

— Mia l'a frappé sur le côté de la tête avec sa massue.

Alors que tous les regards se tournaient vers elle, elle sentit la chaleur lui monter aux joues, et elle haussa les épaules.

— Il m'a sauvée tellement de fois, c'était le moins que je pouvais faire.

— Mais…

Hawk était de nouveau en train de grogner contre elle.

— À quel moment as-tu foiré ?

Elle se tenait au-dessus de lui et lui répondit en grognant.

— Je n'ai rien fait de mal. Ton travail était de me sauver. Mon travail était de rester en vie jusqu'à ce que tu puisses le faire.

Il fit un sourire enfantin.

— Et dans ce cas, tu l'as fait parfaitement, mais qu'en est-il de la partie « ne pas bouger » ? aboya-t-il.

Elle lui adressa un sourire en coin.

— Je ne veux pas te rendre la vie trop facile, tu sais. Je dois utiliser mon propre instinct quand l'occasion se présente. Si je n'avais pas bougé, je serais morte. Il a tiré des coups de feu juste à l'endroit où tu m'as laissée.

Avec l'aide de Dane, Hawk se leva et ouvrit ses bras.

— Cette fichue femme aura raison de moi.

Les hommes sourirent. Dane dit instantanément :

— Ce n'est pas grave. On est tous intéressés, alors si tu ne la gardes pas…

— Recule, grogna-t-il, aucune chaleur dans la voix. D'ailleurs, peut-être qu'elle n'est pas intéressée.

Tout le monde se retourna pour la regarder. Elle rougit. La honte.

— Vous me demandez si je veux être gardée ? demanda-t-elle prudemment. Vous savez que mon père ne m'a pas élevée pour être une femme entretenue, n'est-ce pas ?

Les hommes se mirent à rire et le merveilleux sourire en coin de Hawk apparut.

—On aimerait beaucoup entendre son explication sur ce point, dit Dane, mais tu dois savoir que, lorsque notre chef intrépide Mason a trouvé la compagne parfaite, on voulait tous la garder pour nous. Mason a finalement repris ses esprits et a réalisé ce qu'il perdrait s'il ne se décidait pas.

Shadow poursuivit l'histoire :

— Depuis, quand on trouve une fille qui nous correspond, on est bien sûr tous intéressés car on veut tous ce que Mason a. Maintenant que Hawk t'a trouvée sans dire s'il allait te garder, on serait tous plus qu'heureux de prendre sa place.

Hawk hurla, un son grave jaillissant du fond de sa gorge, ce qui fit s'élargir les sourires des hommes et reculer les pauvres frères infortunés.

— Entre-temps… poursuivit Swede. On lui a demandé s'il allait te garder.

— Et ? demanda Paul avec curiosité, légèrement derrière eux. Il va la garder ?

Le rugissement de Hawk s'intensifia.

Et Mia se mit à rire.

Tous les hommes se retournèrent pour la dévisager avec surprise, tandis qu'elle levait les yeux vers Hawk et la colère frustrée sur son visage.

— Quelle bonne question ! Alors Hawk, qu'est-ce que tu décides ? Tu me gardes ou je dois demander à ta merveilleuse équipe d'hommes qui aimerait…

Ils firent tous un pas en avant… et elle n'eut jamais la chance de finir.

La bouche de Hawk écrasa la sienne. Ses lèvres s'emparaient d'elle – non pas qu'elle ait besoin de ce rappel, car elle avait toujours su où était sa place –, elle attendait juste qu'il comprenne aussi le message…

Elle était à lui.

Pour toujours.

C'est la fin du tome 2 de *Légion d'honneur : Hawk*.

Découvrez le premier chapitre de *Dane : Légion d'honneur, tome 3*

Légion d'honneur : Dane (tome 3)
Chapitre 1

L A BRISE MATINALE colorait d'orange et de rouge le ciel au-dessus de ce petit village d'Allemagne. Époustouflant. Dane Carter attendait sur la colline que le soleil se lève, le bon moment pour agir. Le reste des SEAL était en position. Ils avaient suivi des informations selon lesquelles un homme clé d'un groupe terroriste avait installé son quartier général ici. La société Hyack avait des tentacules très étendus, dont l'un était lié à une importante société de recherche chimique en Californie avec des filiales en Allemagne et en Chine.

Le cri de Hawk s'éleva au-dessus de sa tête sur la gauche.

Dane pivota et glissa sur le talus. La maison était à l'extrémité de la ville. Isolée. C'était une maison en pierre de style XVIe siècle avec de petites fenêtres et un énorme vieux mur de pierre qui l'entourait. Le quartier était parsemé de murailles similaires.

Le mur était adossé à une colline. Sa position donnait peu d'aperçus sur les arrière-cours ou l'intérieur des maisons. Ils étaient sur la route depuis deux jours pour suivre ce type jusqu'ici. Dane entra dans l'arrière-cour de la maison voisine.

La maison en question était silencieuse. Sombre. L'arrière-cour où il se tenait était pleine d'arbres. Dane se glissa derrière le feuillage alors qu'une jeune femme grande et mince sortait par la porte du patio arrière, une tasse de café à la main. Elle se promenait dans le jardin à moins de vingt pieds devant lui. Mince. Il se fondit dans l'ombre.

Elle sortit son téléphone et passa un appel. Sa voix résonnait dans l'air matinal.

« Bonjour, Sarah. Oui, je suis là. Je suis arrivée tard hier soir. Je t'ai appelée, mais tu étais en train de te balader. » Elle rit de la réponse de son interlocutrice. « Comment va maman ce matin ? »

Dane se maudit de ne pas avoir bougé quelques minutes plus tôt. Il fallait qu'il file rapidement.

La femme continua sa conversation lumineuse et joyeuse. « Rappelle-lui que je serai de retour dans une semaine. Je suis juste ici pour rendre visite à mon ancien professeur, le Dr Michaels, et pour réviser certains de mes travaux tout en prenant un peu de vacances pendant que j'y suis. » La conversation se poursuivit pendant quelques minutes tandis que Dane transpirait dans sa position.

Finalement, la blonde – Seigneur, qu'elle était blonde ! – coupa le téléphone et le rangea. Avec un sourire sur le visage, elle inclina sa tête vers le soleil du matin.

Et se figea.

« Qui êtes-vous ? » dit-elle dans un murmure tendu. Son regard était fixé sur lui.

Dane était choqué. Elle pouvait le voir ? Non. C'était improbable.

Son regard se rétrécit.

Et zut.

Elle se mit à parler allemand. Sa voix était profonde, anxieuse. Il parlait un dialecte allemand, mais son allemand formel était horrible. Il ne pouvait pas dire comment était le sien, mais il semblait fluide à ses oreilles. Le cri de Hawk revint.

Bon sang.

Il devait y aller, et maintenant. Il lui fit un grand sourire. « Je suis désolé. Je dois y aller. » Et il franchit l'énorme mur de pierre à côté de lui.

Elle haleta, mais ce fut la dernière chose qu'il entendit. Il atterrit de l'autre côté pour se retrouver au milieu de l'action.

Juste là où il voulait être.

Le tome 3 est disponible dès aujourd'hui !

Pour en savoir plus, visitez le site web de Dale Mayer.

https://geni.us/DMFRDaneUni

Note de l'auteure

Merci d'avoir lu *Hawk, Légion d'honneur, tome 2*! Si vous avez apprécié le livre, merci de prendre un moment pour laisser votre avis.

Chers lecteurs,

J'aime avoir de vos nouvelles, alors n'hésitez pas à me contacter sur mon site web : www.dalemayer.com ou sur ma page d'auteure Facebook. Pour être informés des nouvelles parutions et des offres spéciales, inscrivez-vous à ma newsletter ou suivez-moi sur BookBub. Si vous souhaitez rejoindre mon groupe de lecteurs, voici la page d'inscription sur Facebook.
http://geni.us/DaleMayerFBGroup

À bientôt,
Dale Mayer

À propos de l'auteure

Dale Mayer est une auteure de best-sellers au classement de *USA Today*, connue pour ses romances militaires sur les forces spéciales, sa série *Psychic Visions* et sa série *Jolis Jardins Maudits*, dans le genre cozy mystery. Ses romances contemporaines sont vibrantes d'émotion et de passion (série *Broken But... Mending, Hathaway House*). Ses thrillers vous laisseront à bout de souffle (séries *By Death* et *Kate Morgan*) et ses comédies romantiques vous feront rire aux éclats (*It's a Dog's Life*, une novella hors-série, et la série *Broken Protocols* avec Charming Marvin, le chat).

Elle laisse libre cours aux séries qui lui viennent... dont certaines sont carrément folles, enfreignant toutes les règles et croisant différents genres !

En plus de ses romans de fiction, elle écrit également des textes documentaires dans de nombreux domaines, dont la rédaction de CV, le jardinage de loisir et le système de crédit immobilier américain. Elle a récemment publié la série professionnelle *Career Essentials*. Tous ses livres sont disponibles aux formats papier et ebook.

Contactez Dale Mayer en ligne

Site web de Dale – www.dalemayer.com
Twitter – @DaleMayer
Facebook Page – geni.us/DaleMayerFBFanPage
Facebook Group – geni.us/DaleMayerFBGroup
BookBub – geni.us/DaleMayerBookbub
Instagram – geni.us/DaleMayerInstagram
Goodreads – geni.us/DaleMayerGoodreads
Newsletter – geni.us/DaleNews

www.ingramcontent.com/pod-product-compliance
Lightning Source LLC
Chambersburg PA
CBHW070338200726
48294CB00003B/700